融合创新在路上

——邵阳广播电视台媒体融合与新闻行动辑要

主 编	胡光华			
执行主编	杨荣干	袁中科		
编 委	黎 瑾	曾建斌	刘 群	李固芳
	贺若良	王周钦	吴文升	彭小兵
	苏新帅	彭立宪	肖 兰	张 盾
	艾志瑜	龙 杰	莫振亚	李 亮
	阮明湘	孙洋博	刘艳美	高 扬
	李 娟	杨艳容	卿玉军	沈 娟
	莫 杰	罗中利		

湖南大学出版社·长沙

图书在版编目（CIP）数据

融合创新在路上：邵阳广播电视台媒体融合与新闻行动辑要 / 胡光华主编；杨荣干，袁中科执行主编. —长沙：湖南大学出版社，2021.10

ISBN 978-7-5667-2326-0

Ⅰ.①融…　Ⅱ.①胡…②杨…③袁…　Ⅲ.①新闻报道—作品集—中国—当代　Ⅳ.① I253

中国版本图书馆 CIP 数据核字（2021）第 202794 号

融合创新在路上——邵阳广播电视台媒体融合与新闻行动辑要

RONGHE CHUANGXIN ZAI LUSHANG——SHAOYANG GUANGBO DIANSHITAI MEITI RONGHE YU XINWEN XINGDONG JIYAO

主　　　编：	胡光华
执 行 主 编：	杨荣干　袁中科
责 任 编 辑：	王桂贞
印　　　装：	湖南省众鑫印务有限公司

开　　　本：787 mm × 1092 mm　1/16　　印　张：16.5　　字　数：257千字
版　　　次：2021年10月第1版　　印　次：2021年10月第1次印刷
书　　　号：ISBN 978-7-5667-2326-0
定　　　价：85.00元

出 版 人：李文邦
出 版 发 行：湖南大学出版社
社　　　址：湖南·长沙·岳麓山　　　　　邮　　编：410082
电　　　话：0731- 88821691（营销部）88821594（编辑部）88821006（出版部）
传　　　真：0731- 88822264（总编室）
电 子 邮 箱：wanguia@126.com

守心拓路　梦想前行

胡光华

　　当今时代，技术革新一日千里，媒体融合在"跑马圈地"中逐渐走向纵深。邵阳广播电视台与时俱进，在新趋势、新格局中不断革新图强，探寻融合创新之路，努力构建现代化立体传播体系。

　　融合创新，除信息技术之外，其核心在人。作为媒体人，我们要守心拓路、敦行竞进。"守心"，就是要不忘初心、坚守匠心；"拓路"，就是要创新思路、拓宽道路；"敦行"，就是要实干先行、身体力行；"竞进"，就是要与时俱进、砥砺奋进。

　　我是军人出身，骨子里刻着对党和事业的忠诚与坚毅，血脉里奔涌着一往无前的奋斗精神。四年前，我从邵阳市文物局局长位置调任邵阳广播电视台台长。此时的邵阳广电摊子大、人员多，遗留问题也多，正经历着转型的阵痛。"这个台长不好当"，一些领导和朋友善意的提醒和忠告，让我感觉到了前所未有的压力。有一段时间，我整晚整晚睡不着觉。但军人的字典里从来没有"退缩"二字，我与班子成员一道，紧锣密鼓地展开调研和"会诊"，迅即推行了考核管理、用人机制、薪酬体系等一系列改革，也许下了"一年打基础、两年上台阶、三年创辉煌"的承诺，并顺势结好"三张网"（广播网、新媒体网、有线电视网）。

　　广电人是极具豪情和梦想的一群人，这让我们的各项改革和工作部署得以顺利推进，逐渐形成了朝气蓬勃、活力四射、同心同向的干事创业氛围。2018年2月，我们审时度势，投入100多万元成立新媒体中心，并从各频道抽调精干力量，搭建"爱上邵阳"新闻客户端，逐渐形成了一个集广播、电视、网站、报纸（《邵阳城市报》）和"两微一抖一视"共融交汇的全媒体矩阵。2021年，我们更是加大了技术赋能的比重，实现从"产业强台"到"技术强台"的转变，投资400万元搭建融媒体指挥中心，形成集约高效的内容生产体系和全媒体传播链条，全力构筑融合发展的"新赛道"。

在"人人都是自媒体"的传播环境下，内容是主流媒体最大的优势资源。如何把内容资源优势转化为平台优势和发展优势，这是我们最应该思考和建设的问题。在新闻实践中，我们围绕"转"字做文章。一是"转场"。在守住传统媒体阵地的同时，重心转战新媒体。2021年，我们将新媒体中心与新闻综合频道合并，成立融媒体新闻中心，将人才、技术、设备等优势资源向新媒体集结，将薪酬、奖励等优惠政策向新媒体倾斜。二是"转化"。不断创新话语体系，提升短视频生产能力，将重大主题时政题材进行轻量化传播，做到既"轻重结合"，又"举重若轻"。三是"转变"。不断转变思维模式和运行模式，变单向传输为互动体验、多元智能，变"单兵作战"为"军团作战"，并按照"台网并重、先网后台、移动优先"的原则，形成滚动式、多样性、全天候、立体化的传播格局，做到量身定做、精准传播。

坚持导向为魂、移动为先、内容为王、创新为要，是媒体融合发展的必由之路。我们坚持自觉承担起举旗帜、聚民心、育新人、兴文化、展形象的职责使命，围绕主业主责，抓好主题主线，致力推陈出新，打造精品力作。制作了《邵阳这片红色热土》等政论大片；启动了"激扬'十四五'，踏春开新局"等大型新闻行动；开展了"主播说党史"等采访竞技活动；推出了《警花说唱"扫黑除恶"》《隆回"奔跑哥"跳水救人》等一大批播放量超3000万的爆款产品……精品内容是媒体最硬核的竞争力，一批优质内容不断刷屏，为讲好邵阳故事、激发全市人民建设"二中心一枢纽"的昂扬斗志营造了良好舆论氛围，也提升了邵阳广电的影响力和品牌形象。

近年来，邵阳广电在融合发展之路上以梦为马，勇毅笃行，在"全媒体融合、多平台搭建、产业链延伸"等方面做出了不懈努力。面向未来，我们更须珍惜转型升级、深融致远的理想与情怀。建设邵阳广播电视台融媒体数据中心（广电大厦），这是我的一个梦想，也是所有广电人的梦想，这几年，我们都在为此而多方奔走、探路。梦想总是要有的，万一实现了呢！

守心拓路，梦想前行。广电的荣光，正在融合创新之路上持续释放和闪烁！

2021 年 8 月 8 日

第一部分　融合联动势如虹

第二部分 践行"四力"抓"活鱼"

第一部分

融合联动势如虹

融屏聚合，掌舵主流声势

——邵阳广电构建舆论引导新格局的实践与思考

胡光华 *

"要适应分众化、差异化传播趋势，加快构建舆论引导新格局"，习近平总书记的"2·19"讲话，明确了新闻舆论工作的新理念、新要求、新举措、新方法，更为城市广播电视媒体融合发展指明了方向、提供了遵循。

胡光华

邵阳广播电视台认真学习贯彻习近平总书记系列重要讲话精神，牢记职责使命，狠抓行动落实，结好广播网、新媒体网、有线电视网"三张网"，以"爱上邵阳"APP为引领，构筑融媒阵地，推出一系列极具本土特色的新闻大片、精品栏目和品牌活动，融屏聚合精准发力，掌舵主流声势，为加快构建舆论引导新格局、服务地方经济社会发展进行了颇具成效的探索和实践。

---

* 胡光华，男，邵阳广播电视台党委书记、台长、总编辑，曾获评"2020年传媒中国年度融合创新人物"。本文写于2018年5月，发表于《电视指南》《潇湘声屏》。

一、融合推进，构筑全媒阵地

阵地是意识形态工作的基本依托，传统广电媒体要抢占受众运用最广泛的移动互联网阵地，就必须构筑融合发展的全媒体阵地，打造融媒体拳头产品。

1.突出一个"广"字，结好"三张网"

广播网、新媒体网、有线电视网是广电媒体宣传的阵地、生存的基础。邵阳广电突出一个"广"字，结好"三张网"。

一是结好广播网。农村广播是新时期加强党的意识形态工作的重要载体。目前，邵阳"村村响"工程已基本实现了全市农村全覆盖，邵阳广电交通频道2017年下半年着手把广播节目接入"村村响"工程，形成了覆盖全市3000多个行政村的广播网，确保让党和政府的声音及时传入千家万户。

二是结好新媒体网。按照"内容为王、移动优先"的原则，加快媒体融合。2018年1月，建好了以"爱上邵阳"新闻政务客户端为核心的集纳市、县广电台新媒体的融媒平台。

邵阳广播电视台融媒体指挥调度中心

三是结好有线电视网。邵阳网络公司致力于推进新型融合网络建设，逐步形成有线无线互相独立、互为补充的广电"小三网、大传输"格局。

2. 着力一个"融"字，搭建"新矩阵"

打造"爱上邵阳"新闻政务客户端。改造传统广电"采、编、播、存、用"全流程，实现"新旧融合"，第一时间发布各类新闻资讯，对全台节目实行24小时直播。采取"1+N"模式，将县（市、区）台及全市各乡镇链入客户端，打造新媒体"旗舰"。为提升互动和服务，还统筹全市政务信息数据资源，对停水、停电、修路、气象灾害等进行应急播报，对路况、违章、班次、房产、水电燃、社保、公积金等信息进行一键查询，使该客户端逐渐成为市民的"掌中宝"。

壮大"两微一端"新媒体矩阵。以"爱上邵阳"APP为核心，整合全台资源，形成"爱上邵阳""邵阳广播电视""听我的""邵阳传媒网"等14个微信、微博平台，形成载体多样、渠道丰富、覆盖广泛的新媒体矩阵。截至目前，各频道、频率粉丝数累计超过60万。

开辟移动直播新媒体战场。邵阳广电主动迎接移动视频直播行业风口，开辟电视网络直播、微信图文直播等移动直播新媒体战场，对邵阳"两会""邵商大会"等重大会议和活动进行直播，主流媒体的传播力、引导力得以充分彰显，舆论引导新格局正在形成。

二、打通壁垒，聚合人才队伍

构建舆论引导新格局需要加快培养造就一支政治坚定、业务精湛、作风优良的新闻工作队伍。邵阳广电以培育全媒体人才为核心，完善人才培养体系和考评激励体系，聚合人才队伍。

1. 彰显一个"强"字，理顺用人机制

加强内部建设，理顺用人机制。台党委创新人才培养和使用方式，取缔"论资

排辈"，打通频道壁垒，配强配优频道班子。同时加强新兴媒体人才引进，打造一批具有互联网思维的全媒型记者、编辑和管理人才。实行因事设岗、因岗配人，定员定岗、以岗定薪，薪随岗移、岗变薪动制度。

2. 倡导一个"学"字，提升专业水平

倡导学习之风。学政治理论，强化责任担当；学实战技巧，提升融合水平。坚持"走出去、请进来"和"内部培训"相结合，坚持集中授课与适时考核相结合，不断加强人才队伍建设，形成了"比学赶帮超"的内部氛围，激发了工作热情，绽放出融媒活力。

三、深耕细作，打造特色产品

树立产品思维，以产品为杠杆推动媒体融合发展，是打造新型主流媒体的关键。邵阳广电深耕本土，生产多样化、个性化、对象化的融合产品，打造"新视听"，不断提升主流媒体在围绕中心服务大局上的履职能力和水平。

1. 紧扣一个"新"字，打造原创产品

只有接地气才会有人气，邵阳广电紧扣一个"新"字，调整新闻采编流程和内容生产体系，致力打造"原创＋本地"的新闻产品，以内容优势赢得发展优势。

围绕市委、市政府的中心工作，如文明创建、产业发展、脱贫攻坚、乡村振兴等，坚持"起笔切口小、落笔站位高"的原则，采制出接地气、有温度、有品位、有情怀的新闻产品，增强感染力和亲和力。2018 年邵阳"两会"，邵阳广电运用视频、H5 场景、动画图解等多种创意鲜活的手段，全面展示"两会"盛况，圆满完成宣传报道任务，深受观众好评。

原创新闻产品的质量提升，最直观地体现在外宣上稿和优稿评选中。2017 年，邵阳广电在湖南卫视发稿 252 条，播出时长 5130 秒，在全省城市台中排名第一，被授予"奋发先锋奖"，台长荣获 2017 年"特殊贡献奖"；在 2017 年度湖南广播电

视奖和湖南新闻奖评选中，邵阳广电一共夺得 25 个奖项，其中一等奖 6 个、二等奖 9 个、三等奖 10 个。

2. 聚力一个"特"字，推出新闻大片

邵阳广电不断加强新闻策划，推出新闻大片。在党的十九大召开前夕，新闻综合频道推出新闻大片《看得见的幸福》，用有张力的故事、有说服力的数字和有冲击力的画面，全景式盘点五年来各县的辉煌成就，每县分上、下两集，运用航拍、现场主持等技术和手法，以浓烈的现场感反映老百姓看得见的幸福。大片一推出立即引发收视狂潮。每一期节目通过"爱上邵阳"APP 和公众号同步推送后，转发量达 10 万 +，极大地拓展了媒体的覆盖面和影响力，省委宣传部对这一大片下发专文予以表扬。

3. 围绕一个"优"字，创办品牌栏目

品牌栏目是媒体的核心竞争力之一，也是提高舆论引导能力、推动新闻事业又好又快发展的主要推手。邵阳广电所属媒体公共频道、交通频道、《邵阳城市报》联合打造的民生服务类栏目《民情通道》在邵阳家喻户晓，成为全省品牌栏目，先后 5 次获湖南新闻奖。邵阳广电媒体坚持在传承中创新，在创新中发展，创办了《民生一线》《交警直播室》《快乐下班》等一大批品牌栏目，具有广泛的影响力和美誉度。

4. 坚持一个"活"字，举办品牌活动

融媒时代的宣传互融需要发挥各种媒介平台的优势，打造各种品牌活动。邵阳广电坚持一个"活"字，打造品牌活动。交通频道连续 13 年精心打造了"爱心送考"、新闻综合频道打造了"车博会""房交会"、公共频道打造了"邵阳好声音"、邵阳传媒网打造了"爱莲说"演讲比赛、音乐频道打造了"交响音乐会"等品牌活动，极大地扩大了邵阳广电各媒介的知名度和影响力。

5. 拿捏一个"准"字，开展舆论监督

舆论监督被称为媒体的"利器"，以新媒体为载体的新闻舆论监督，在促进干

部作风转变、化解社会矛盾、促进问题解决等方面起着不可或缺的作用。邵阳广电在坚持正确舆论导向的前提下，拿捏一个"准"字，把握一个"度"字，适时、适量、适度开展舆论监督。《民情通道》栏目被誉为"邵阳的新闻110"，很多稿件引起市领导签字，老百姓身边的很多困惑和难题得以解决，媒体的影响力和公信力持续扩大。

四、精准发力，掌舵主流声势

构建舆论引导新格局，形式是基础，内容是核心，提高舆论引导能力是最终目标。邵阳广电坚持"内容为王、移动优先"战略，全面实现立体式、矩阵式、滚动式发布模式，抢占信息发布制高点，掌舵主流声势。

1.强调一个"快"字，发出第一声音

顺应分众化、差异化的传播趋势，邵阳广电"爱上邵阳"APP及各频道频率的"两微一端"矩阵，能在第一时间发声，构建起统一、高效的信息反馈机制，特别是在重大舆情、重大事件、突发事件等关键时候抢占话语权，发出权威声音，形成主流舆论。

2.推行一个"转"字，打造第一声势

新媒体用户的感知能力不容小觑，内容产品一旦触动了他们内心的那个"点"，就会自动点赞、留言、转发。鉴于此，邵阳广电在融媒发展初期，出台新媒体管理考核规定，要求每一位员工对"爆款"产品，每天选取一二在各自的朋友圈转发，广电有300多名员工，朋友圈人数累计超万，一条原创稿件在朋友圈一转发，阅读量很快破万，加上融媒平台，触达的移动用户在3万至10万，瞬间打造第一声势。

3.实现一个"联"字，形成叠加效应

融合环境下，只有合纵连横、抱团聚力，才能做大做强。邵阳广电效仿广电总局模式，坚持"全盘策划、深度融合、共同发力"原则，推进从信源采集、编辑播发、宣传推广的全流程融合共享，推出一系列原创新闻产品，并加挂台标在

全台、全网转推，形成叠加效应，实现"大屏小屏融屏聚合，音频视频同频共振"的传播新态势。

4. 把握一个"稳"字，确保安全播出

广播电视的安全播出工作，事关社会稳定和人民群众的日常生活。邵阳广电把握一个"稳"字，不断强化安全播出意识，不断加强基础设施建设，形成反应快捷、指挥有力、调度灵活的安全播出管理和应急预案机制，确保播出安全。近年来，没有发生一起安全播出事故。

五、媒体融合的实践与思考

邵阳广电坚持用好"全媒体融合、多平台搭建、产业链延伸"三个抓手，在构建舆论引导新格局的实践中取得了一定的实效，积累了一定的经验，得到了一些启示。

1. 坚持新闻立台、产业强台

广电媒体承担着宣传和经营双重职责，为确保主流媒体和主阵地地位，邵阳广电牢固树立"新闻宣传是中心，产业发展是保障"的发展理念，做活"新闻立台、产业强台"两篇文章。坚持正确的舆论导向，坚持以人民为中心，对标央视省卫视，加强策划，推陈出新。同时，抓好产业发展，除传统的广告产业外，充分利用广电的人才和资源优势，创办市内一流影城；着力抓好"教育培训"（语言口才、三维动画、艺术培训等）；承接重大会展活动、开发短视频和微电影等产品；帮助单位企业构建文化体系及活动策划，以产业发展反哺新闻立台。

2. 搞好精准定位，细分受众市场

媒体要发展，定位很关键。邵阳广电所属新闻综合频道以"时政"定位，突出主流、权威、快速；公共频道以"民生"定位，突出民生、公共、深度；交通频道以"交通"定位，突出交通、民生、公益；音乐频道以"音乐"定位，突出音乐、慈善、娱乐。同

时，细分受众、细分用户、细分市场、细分群体，量身打造各具特色的媒体品牌栏目、节目和活动。

3. 转变身份角色，将服务做到极致

融合发展的邵阳广电积极转变身份角色，牢固树立服务意识，将服务的三个维度（服务对象、服务内容、服务半径）做到极致：服务对象由零散服务到系统服务，由对一个单位服务转向为整个系统服务；服务内容由单一新闻报道服务转向多元服务（如宣传策划、活动策划、公众号托管等）；服务半径从单点服务转向全链条服务，比如县、区举办旅游节，电视做直播、广播做连线、广电报做特刊，等等。

浩渺行无极，扬帆但信风。邵阳广电将进一步解放思想、担当奋进，以融合巩固和壮大主流舆论阵地，构建健康有序的媒体传播新格局，服务当地经济和社会发展。

主流价值视域下原创内容的媒体融合传播思考

杨荣干 *

　　习近平总书记强调：内容永远是根本，融合发展必须坚持内容为王，以内容优势赢得发展优势。对传统媒体来说，"内容为王"是应对新媒体冲击和媒体融合双重压力，寻求战略突围的一个突破口。地市广播电视台作为地方传统主流媒体的代表，应迎接全媒体变革，坚持"内容为王"，持续增强内容提供能力，并以内容的生产整合为基础，不断进行创新，注重原创、做精品，推出有思想、有深度、有温度的新闻内容，真正吸引受众。

杨荣干

　　今年来，邵阳广播电视台坚持新闻立台，深化体制机制改革，全力推动传统新闻内容的产品化，努力将内容优势转化为传播优势，实现从单个产品创新向系统化创新转变，融媒体产品生产呈"井喷"之势，每月都有浏览量100万＋的"现象级"产品推出，10万＋浏览量的"爆款"产品已成常态。

* 　杨荣干，男，邵阳广播电视台副台长、副总编辑，耕耘广电近三十载，曾获湖南广电青年论文竞赛一等奖。曾任 2020 年度湖南新闻奖评委。此文 2021 年 9 月刊发于《新闻世界》。

精心策划，做强重点项目，凸显领衔效应

体制机制创新与采编架构再造，是媒体深度融合亟需突破的重点难点，也是建设新型主流媒体必须攻克的"腊子口"。邵阳广播电视台通过深化机制体制改革，将年富力强、思维活跃的精干力量充实到台编委会，加强策划，推进全媒体报道提质扩容升级，推动跨部门、跨频道、跨平台的资源整合、信息聚合和媒体融合，让台编委会充分发挥其"指挥协调总调度、组织策划总枢纽、融合加工总规划、全媒发布总出口"的作用，围绕中心，服务大局，精心策划，把好选题关，做强重点项目，领衔效应凸显。

媒体融合传播不能满足于"1+1=2"，而应追求"1+1＞2"。通过资源共享、优势互补，减少人力物力的投入，用更少的人办更多的事。这就需要在选题把关时，考虑到能同时兼顾文字、视频、音频、直播、H5 等多形态传播方式。新年伊始，台党委迅速做出决定，打破常规，破除门户之见，将电视、广播、报纸、网络记者融合到一起，分成 6 个组奔赴邵阳七县二市三区开展"激扬'十四五'，踏春开新局"全媒体记者新春走基层集中采访。为适合融合传播需求，在活动启动之前，就引入了受众参与机制，发布线索征集令，广泛征求相关线索。在新闻行动推进过程中，前线记者不定时传回一线采访动态。采访还在进行，各类采访花絮、预告片等已经在"爱上邵阳"客户端等平台推送，形成持续传播热度。报道结束后，还要收集网友留言和观众、读者来电，在各媒体集中反馈，并作为工作考评的重要依据。在系列举措之下，各组记者各显神通，《雪峰古瑶寨：绽放"最美"的幸福》《新宁县枧杆山村：变废为宝　打造乡村振兴的"院落景观化"样本》等系列沾泥土带露珠冒热气的作品脱颖而出。

这些举全台之力打造的重点工程，紧扣重大主题，策划组合式、集束式报道，形成阶段性报道热点和宣传强势。今年以来，先后围绕全国和省市"两会"、产业兴邵、践行"三高四新战略"、党史学习教育等重大主题打造了系列重点工程，涌现出了一批唱响主旋律、弘扬正能量、群众反响佳的融合传播案例。得益于重点项目的做

强，邵阳广播电视台在央视、湖南卫视上稿率在湖南地市州里长期名列前茅。

今年，《城市商业魅力排行榜》发布，邵阳市排名较上一年度提升41位，邵阳广播电视台围绕"商业资源集聚度、城市枢纽性、城市人活跃度、生活方式多样性、未来可塑性"五大维度，按照"展形象、提信心、谋发展"的宣传定位，重点围绕城市"硬件改善、功能完善、文明友善"三个维度，以"桥、路、楼、园、位"等具象化元素为载体，采取全台联动、融合发声，重磅推出"城市向上"系列报道，全台联动，在市民中引起强烈反响，市民的城市荣誉感、幸福感、获得感溢于言表。

立体作战，做活主题报道，形成聚合效应

在融合传播过程中，引爆网络持续关注的融合传播往往不是单次性的，而是呈现多波次的特点。在"城市向上"系列报道融合传播过程中，邵阳广电充分把握传播引爆点和影响力时间线，依托频率、频道和报、网、端、微全媒体矩阵，在内容编排和呈现样态上精心谋划设计，踩准了网络传播规律的"节拍"，因时而动、顺

邵阳雪峰桥

势而为，立体作战，打好"组合拳"，做活主题报道，激发持续有力的传播效应，放大凝聚效应。首先，在首发节点上，台属纸媒《邵阳城市报》以专刊形式推出的《张张笑脸见证小康》、互动 H5《笑脸见证小康》，开始为系列报道预热；其次，平台推送迅速跟进，"满城诗画"系列 Vlog、互动 H5《邵阳小康拼图》在"爱上邵阳"客户端、微信公众号、人民号等平台开始"霸屏"，市民纷纷上传照片、视频，分享在邵阳的幸福生活。

在一次次成功实践后，立体作战，多波次传播、有节奏推进、全方位共振的融合传播路径，成为邵阳广播电视台原创内容融合传播的共性。2 月 25 日，是全国脱贫攻坚总结表彰大会召开的日子，这一天，是中华民族"民亦劳止，汔可小康"千年夙愿终于梦圆的辉煌时刻。"爱上邵阳"客户端、微信公众号等平台率先推出长图《脱贫攻坚成绩单，邵阳很给力》；随后，"脱贫攻坚群英谱"系列有声电子海报开始"霸屏"朋友圈。2 月 26 日，邵阳广播电视台融媒体新闻中心立即启动图文直播，以移动端全程直播的形式进行多地视频连线互动。该次直播受到省委宣传部

邵阳市文化艺术中心全景图

领导的高度关注，并按要求把经验写入省委宣传部《新闻阅评》。2月26日，当万家灯火正闹元宵的时候，邵阳人民的朋友圈却被新媒体作品《致敬！脱贫攻坚路上的HERO》、MV《带着幸福来见你》等强劲霸屏，这些H5、MV等融媒体产品，立即被学习强国、央视频等各大平台采用，热度不断，好评如潮。

2021年，邵阳"两会"报道，邵阳广电以"全媒体联动、全介质传播、全方位满意"为目标，整合资源，抱团推进。广播、电视、报纸、微博、微信、客户端等多点发力。为让受众身临其境感受"两会"，邵阳广电首次全台联动，电视端直播组和广播、移动端直播组两组直播端口对开幕和闭幕大会进行了4场次全程直播；首次联动开

第二现场直播团队部分成员合影

设第二现场（直播间），先后对30位人大代表、政协委员进行了访谈，直播间成了"网红打卡地"；首次跨区域、多平台联动直播。有效联合邵阳各县区融媒体中心、村村响广播、全省14个市州的广电新媒体联盟成员，以及武陵山片区湘鄂渝黔四省的11家广电传媒协作体成员台客户端，进行大联动、大直播，一时间直播链接刷屏朋友圈，掀起观看狂潮，4场直播全网总浏览量800多万次，获赞140多万次，以移动优先的快捷优势打造"两会""第一声势"，创造了全市广电"两会"报道史上的三个"首次"。广电全媒体紧紧围绕会议精神和亮点，实现选题互动、一体策划，使"两会"报道全面准确、重点突出，受众爱看、爱转。会前，《邵阳城市报》推出的《奋斗新时代》80版特刊气势恢宏，全面展现邵阳发展成就。会中与会后，各媒体先后开设《奋斗新时代》《聚焦"两会"》《连线"两会"》《代表访谈》《委员访谈》《飞扬快讯》《Vlog小陆带你看邵阳"两会"》等专题、专栏12个，浓墨重彩报道"两会"盛况，及时传达了全面落实"三高四

新"战略、高质量建设"二中心一枢纽"的"最强音"。"爱上邵阳"客户端推出动图《"十四五"邵阳这么干》、H5《2021 邵阳市政府工作报告：十大民生红包，暖心暖情》《邵阳市"十三五"成绩单》《2020 邵阳答卷》等 10 多款有创意、有高度、有情怀的新媒体产品，令人眼前一亮，树立了时政题材轻量化传播的成功范例。公共频道、交通频道、经济广播、《邵阳城市报》等媒体平台对《政府工作报告》进行了快速精准、落地式解读。"爱上邵阳"客户端还分区、分栏集纳了广电媒体所有的"两会"报道，形成聚合效应。

多措并举，做足本土文章，突出地域特色

融媒体时代，市民对内容的要求可以用"多、快、新、近、实"来形容，不仅需求是海量的，而且对时效性、贴近性、实用性都提出了极高的要求。对大多数地市级广电媒体而言，每天数百条原创已经是生产的上限，但是这远远不能满足用户的需求，更遑论智能推荐所需的海量稿库。所以地市级广电媒体一方面要提升自己的原创内容生产能力，另一方面要善用外力，做足本土文章，突出地域特色。

首先，地市广电媒体融合传播要充分利用媒介载体，把广播、电视、报纸等既有共同点又存在互补性的不同媒体，在人力、内容、宣传等方面进行全面整合，实现"资源通融、内容兼融、宣传互融、利益共融"，其中最为关键的是人的"通融"。近年来，我们要求人人树立做全媒体记者的意识，善于从多媒体角度考量新闻事件的价值，"吃干榨尽"好题材，不仅从考核制度上鼓励和引导记者这么做，更在实战中培养编辑记者的十八般武艺……过去，采写一条新闻，广播电台要派记者，电视台要派记者，甚至报社、网站都要派记者。现在，只需要派出文字记者和摄像记者就可以完成任务了。一条新闻素材，经过编辑，广播可以发，电视可以发，报纸和网站都可以发。依托邵阳广电学会，通过"学会＋项目组""学会＋课题组"等多种形式，加强与各县市区融媒体中心合作，探索打造适应融合传播生态的"学会＋"新型采编架构；选择一批创意新、操作性强、前景好的项目，邀请县市区融媒体中

"主播说党史"拍摄现场

心参与，共同组建跨部门、跨地域、跨领域的专业团队。在今年的党史学习教育中，为深挖邵阳本土红色资源、建好红色阵地、厚植红色文化、打造红色课堂、赓续红色血脉，凝聚红色能量，邵阳广电通过"学会+"模式接连推出了"邵阳红色记忆""主播说党史""红色热土发展新篇"等系列原创内容，推出了《一家四代接力守护红军墓》《一条棉裤》《一盏马灯》《萝卜眼里长铜钱》《我所知道的父亲袁国平》等30余个本土红色故事，使广大干部群众从中深受启迪和教育。此外，还推出互动H5《去邵阳红色地标打卡重温入党誓词》等。与此同时，还与市直各系统、职能部门开展合作，来满足大家对内容"多、快、新、近、实"的要求，与市退役军人事务局合作，推出"在党50年老兵永远跟党走"系列报道。报道通过微视频、有声电子海报等形式广泛传播，展示了邵阳老兵一心为国为民、永远跟党走的家国情怀和高尚情操……通过一系列举措，不仅努力构建起邵阳广电融合传播独具特色的内容池，更是做足了邵阳本土文章，突出了邵阳地域特色。

融媒体时代，新闻的生产流程、传播渠道和内容呈现形式都在不断发生变化，但新闻的本质从未发生改变。地市级广电作为传统主流媒体，在融合传播过程中，更要主流价值观这一导向不变，守正创新，深耕突破，不断探索和创新报道方式方法，不断打磨精品力作，不断提高传播效果，提升媒体传播力，服务党和政府的中心工作，传播正能量，巩固主流媒体传播力影响力。

这三年，你不知道的邵阳广电

——邵阳广播电视台近年来改革发展纪实

袁中科 *

　　三年辛苦不寻常，跑出发展"加速度"。从负债3000多万元到"仓廪殷实"，从旗下各频道各自为政到融合联动、好评如潮，从新闻稿件默无声响到大量作品刷屏朋友圈……邵阳广电人勠力同心、激扬奋进，走过了一条解放思想、谋定后动、满载收获的改革之路。

袁中科

　　"一年打基础、两年上台阶、三年创辉煌！"三年前，新任领导班子掷地有声的承诺，化为广电全媒体影响力的飙升和干部职工收入的稳步提高，梦想的阳光照进现实，并催生出蓄势腾飞的磅礴之力。

敢破敢立，搬开改革发展"拦路石"

　　邵阳广电拥有两个电视频道、两个广播频率、一个网站、四家公司和两个二级独立法人单位（邵阳有线电视台、《邵阳城市报》），在岗300多人。

* 袁中科，男，主任记者，现任邵阳广播电视学会党支部书记兼台总编室副主任。曾在《邵阳城市报》、邵阳广电新媒体中心、经济广播等媒体平台从事新闻宣传工作；先后获评邵阳广电首届"金牌记者"、邵阳市首届"德业双优"新闻工作者，并获全省广电系统青年论文大赛一等奖，多件作品获湖南新闻奖、湖南广播电视奖一等奖。

2017 年 8 月，新台长上任。此时的邵阳广电摊子大、人员多，正经历着转型的阵痛。光鲜的外表下面，竟雪藏着一大堆困难：人员编制结构复杂，专业技术人才严重缺乏，冗员过多，整体收入低，部分员工不思进取；各媒体之间"门户之见"严重；各项基础设施差，采访播出设备老旧得随时会"罢工"；一些遗留问题如"死结"一般棘手……

来不及理清发展思路，等待新班子的就是接踵而至的几起官司。台领导一边从容应诉，一边着手展开调研和"会诊"。不久，一系列大刀阔斧的改革如潮而至。

改革的"第一刀"挥向内部管理。在一个多月的时间里，修订完善了《绩效考

邵阳广播电视台 2020 年度总结表彰暨 2021 年工作部署会议

核办法》等 40 多项规章管理制度。凡事破而后立方能成功，科学严明的管理，让全台工作作风和状态实现大逆转。

"占着黄金码头，过着清苦日子。"台党委锐意加大人事制度改革，打破频道壁垒和论资排辈，一批有特长、懂管理、擅经营的优秀人才被起用，走上频道总监（公司经理）、支部书记等重要岗位，频道间常态化的人才交流激活了一池春水，员工干事创业的激情空前高涨。

前行路上，总有羁绊。遗留问题一直是横亘在邵阳广电发展路上的"绊脚石"和"拦路虎"。台领导团结一心，以逢山开路、遇水架桥的闯劲和韧劲，对准遗留问题"开刀"：清收开了发票却多年不入账的广告费 200 多万元；先后应诉了 9 起官司，处理了劳务用工、经济合同及广电星苑等纠纷；清退"吃空饷"的在编员工27 名，解决了存在近 20 年的"在编不在岗"问题；一次性解决了 43 名混编混岗员工的编制问题……

刮骨疗伤、浴火重生。通过三年多的努力，重重困难和障碍被一一扫除，邵阳市委、市政府对邵阳广电的发展给予了大力支持。在广电崛起之路上，阳光正透过云层照射下来，温暖而透亮。

广电记者新闻采访业务培训

善抓善成，提振干事创业"精气神"

2017 年 9 月，一场全台员工参与的"我为广电发展献良策"活动拉开了邵阳广电改革发展的序幕。很多"金点子"成了创新创效的"金钥匙"，并迅速转化为助推广电事业发展的生产力。

第 21 个记者节举办的趣味运动会

严格考核问责机制，这是改革路上放出的大招之一。在 2018 年 1 月召开的全台年度工作会议上，台属各二级单位主要负责人向台党委递交了目标管理"责任状"，做到知责担责、加压奋进。此后，每年的"责任状"成了全年工作的"指挥棒"和"问责单"，未完成目标管理任务，相关责任人或免职或调离。2019 年初，台党委启动问责机制，调整优化了五个二级机构的班子成员。

目标激励、奖惩分明，让全台干部职工甩开膀子、迈开步子。每年的年会和记者节，都要表彰一批优秀工作者；设立"台长嘉奖令"，对出新出彩的大型新闻行动、叫好叫座的重大宣传活动，给予特别奖励。如此一来，从机关到频道（公司），从总监（总经理）到员工，从"老新闻"到"刚入职者"，全台上下，个个铆足了劲，同下"一盘棋"、同唱"一个调"。

工欲善其事，必先利其器。全台多措并举、增收节支，把每一分钱用在刀刃上。先后投入 900 多万元对电视频道的采编播设备进行"高清"改造；投入近 300 万元，完成了两个广播频率直播间的数字化改造及发射设备的迭代升级。

人才兴、事业举。全台坚持以全媒体人才队伍建设为核心，不断加大人才的外引内训力度，先后引进 30 多名专业技术人员，组织采编人员分 10 批次外出跟班学习，邀请 12 位专家进行 6 次新闻实战集训，采编播人员的业务能力不断提升；建立了由 34 名 35 岁以下青年专业技术人员组成的人才储备库，实行同薪同酬，并为聘用人员交纳住房公积金，员工的归属感不断增强。"有甜头、有奔头、有盼头！"成了广大员工的共同心声。

以文体活动为载体，激发凝聚力。首届职工趣味运动会，让职工活力迸射、心梦飞扬。随着印有"广电全媒体"字样的蓝色台服的发放，"广电蓝"闪耀每一个新闻现场，更闪耀在每个广电人的心间。

乘风破浪、同心致远。邵阳广电人以奋勇争先、昂扬向上的精气神，合力推动着广电事业发展的车轮滚滚向前。

求新求精，树起新闻立台"高标杆"

近年来，邵阳广电守正创新，精准把握市委、市政府的决策部署，在大局下思考，在大局下行动，唱响主旋律，打好主动仗，新闻报道全面开花、精品迭出，树起了新闻立台的"高标杆"。

新闻宣传既有数量又有质量。紧扣产业兴邵、文明创建、"三大攻坚战"、扫黑除恶、新中国成立70周年、建党100周年等主题主线，先后开设专栏80多个，为邵阳落实"三高四新"战略、高质量建成"二中心一枢纽"营造了良好的舆论环境。2021年2月底，邵阳广电开展全媒体大型新闻行动，记者分6组奔赴各县（市、区），推出的"激扬'十四五'，踏春开新局"系列报道，如一块巨石投向深池，激起了片片晶莹的水花，融合传播引发好评。为强壮外宣上稿的"软肋"，2018年成立了"重点报道部"，主要负责在央视和湖南卫视上稿。此后，外宣上稿逐年攀升。2020年，邵阳广电在央视上

邵阳市河长制电视问政现场盛况

台长胡光华（左一）获湖南卫视通联工作"特殊贡献奖"颁奖典礼现场

稿 43 条次，其中，在央视《新闻联播》上稿 2 条，实现近年来"0"的突破；在湖南卫视上稿 291 条，稳居全省市、州台前列。在湖南卫视通联年会上，邵阳台连续三年获评"先进单位"，台长胡光华连续三年荣获"特殊贡献奖"。

栏目节目既有"新度"又有"响度"。邵阳广电坚持创新引领，以工匠精神打造精品栏目、节目。新闻综合频道在"媒体＋政务"上发力，打造了《电视问政》《创文时刻》等精品栏目。其他频道在"媒体＋民生"上寻求突破，打造了《第一线》《产业兴邵》《交警直播室》《莎陀陀讲新闻》《话说宝庆》等一系列民生和文化类节目。公共频道、交通频道、《邵阳城市报》三家媒体联办的《民情通道》栏目，以"反映百姓心声，传达政府回音"为宗旨，在邵阳家喻户晓，创办 20 年来多次获奖，深受好评。

优稿评选既有"高原"又有"高峰"。全台各媒体植根本土、强化原创，找准选题、讲好故事、拍出精品，一大批采访深入、制作精良、主旋律高昂、正能量强劲的优秀广播电视和网络视听作品在各类评奖中脱颖而出，呈现出既有"高原"更有"高峰"的喜人景象。三年来，在湖南新闻奖、湖南广播电视奖等各类评选中，一共夺得 70 多个奖项，其中一等奖 18 个。《医改"手术刀"该动向哪里？》荣获中国新闻奖二等奖，实现历史性突破。三年来，全台在省级以上期刊发表论文 30 多篇，台长带头发表媒体融合理论文章 6 篇，全台创新创优、比学赶超蔚然成风。

主题活动既有看点又有卖点。各频道举办了"道德模范"颁奖晚会、"双十最美"颁奖典礼、"祖国颂"大型合唱比赛等文体活动；《邵阳城市报》推出邵阳"两会"特刊等各类特刊 20 多个。这些主题策划和活动，看点、卖点俱佳，成了邵阳斑斓多彩的生动注解，让人印象深刻。

融媒产品既有"大款"又有"爆款"。充分发挥广电短视频优势，制作出了一批有网感、有温度的现象级爆款产品。官方抖音号原创视频点播总量达到 2.8 亿次，播放量超过 1000 万次的作品 18 个。其中《隆回"奔跑哥"

公共频道举办的"快闪"活动盛况

跳水救人》短视频播放量达到 3166 万次、点赞 323 万条、评论 5.5 万条；《警花说唱"扫黑除恶"》被中央政法委官网和新华社转发，湖南省扫黑办在全省范围内推送。H5 作品《一组漫画带你走进"奋进者"杨淑亭》交互性强，带来满满的科技感和正能量。"快闪"视频《我和我的祖国》刷屏邵阳微信圈。短视频《妈妈去"打仗"》以播放量 1000 多万次、点赞量 20 多万条，荣获第八届中国城市广播电视融媒产品"十佳称号"，台长胡光华荣获"2020 传媒中国年度融合创新人物"称号。

一群人、一条心、一个梦。新闻路上的每一滴汗水，都滴落在广电记者的职业荣光里。

聚智聚力，打造产业协同"新领地"

三年来，邵阳广电聚智聚力，坚持"广告经营"与"产业发展"并驾齐驱，"造血功能"不断强化，经营创收逆势上扬。

全台打破各媒体之间的壁垒，形成了声、屏、报、网、端、影城融为一体的广告投放方式，推出专业化、品质化、精细化的定制服务，最大限度地挖掘广告潜能。各二级机构主要负责人发挥"头羊"带动效应，既"挂帅"又"出征"，带领班子成员活跃在经营创收一线，各媒体涌现出大批创收"大户"，年创收 50 万元以上的有 30 多人，创收队伍呈现年轻化、精英化趋势。

以重大主题、节庆假日为切入点，以新闻、节目为孵化平台，探索出了广告形式节目化、节目内容活动化、活动成效品牌化的发展路径。先后举办了"爱心送考""网红大赛""中国功夫电视擂台赛""语文朗读大赛""邵阳好司机"等 30 多场声势浩大、创收创效的品牌活动。

围绕主业、多元发展，拓展广电＋产业链条，是邵阳广电创收的重要"法宝"。广电影城升级扩容，并主动出击，重点开发机关事业单位工会等团购客户，打好"红"字牌，缔造了红色电影播映场次的新高度。2018 年成立的鸿臣传媒有限公司大力开展"普通话""小主持人"等特长培训，推出首档少儿电视栏目《嘿！宝贝》，在少儿艺术培训领地树立起一面旗帜，成为产业发展的一支劲旅。2020 年 5 月，盛大启航的广电文旅公司创办电视栏目《文旅邵阳》，公司成立仅 8 个月，就完成全年创收任务。广电传媒公司实施各类线上线下品牌活动，连续四年成功举办高品质的"少儿文化艺术节"。

多点开花、势头向好的文化产业体系，正成为邵阳广电事业发展的强劲引擎。

谋时谋势，构筑融合传播"新赛道"

2018 年 2 月，邵阳广电融合发展的号角嘹亮吹响，投入 100 多万元成立新媒体中心，搭建"爱上邵阳"新闻客户端，从人、才、物、政策等四个方面向新媒体倾斜。2019 年，组建了 46 人的全媒体记者队伍，致力打造以"爱上邵阳"为龙头，以邵阳传媒网为基础，以微博、微信、抖音号、视频号、头条号等为延伸的新媒体传播矩阵。经过三年的精心打造，全媒体平台粉丝量突破 100 万。

站在直播风口，"爱上邵阳"客户端对邵阳"两会"、邵商大会、城步"六月六"山歌节等 160 多场次的活动进行直播，收到良好传播效果。为实现内外联动、抱团发展，2019 年发起成立武陵山片区广电新媒体直播联合体，并成为湖南省市州新媒体直播联盟常务副会长单位。2020 年，湘、鄂、黔、渝 4 省市 10 个市州的春节联欢晚会实行联动直播，给各地群众送去了精彩的视听盛宴。"直播＋"生态正为广电发展赋能，形成了传统广播电视与新兴媒体"一体两翼、双核驱动"的融合传播新格局。

守正不渝，创新不止。2021年1月，邵阳广电实施全媒体联动，抽调70多人组成"特别报道组"，全方位、多角度报道"两会"盛况。对邵阳市人大、政协会议的开幕大会、闭幕大会进行直播，四场直播浏览量达800多万次，跟评互动3000多人次，获赞140多万次。广播、电视、报纸、微博、微信、客户端等平台多点发力，直播、图解、H5、短视频、动图等轮番上阵，7大媒体平台、15个传播端口抱团推进，有效放大了广电"一体效能"，创造了邵阳"两会"报道史上的三个"首次"：首次全台各频道联动，分设电视、新媒体两组直播端口；首次开设第二现场（访谈直播间）；首次跨地市、多平台联动直播，真正实现了"全媒体联动、全介质传播、全方位好评"，为聚焦重大主题报道探索出了融合联动的新路径。

2021年，"技术强台"成为发展的"进军令"，邵阳广电全力构筑全媒体融合发展的"新赛道"。在整合新闻综合频道和新媒体中心的基础上，投资400万元搭建融媒体指挥中心，预计2021年6月可投入使用。以"新媒体＋政务＋服务"的"智慧广电"建设项目也全面启动，融合发展的步伐铿锵有力。

深融致远，梦想前行。经过三年的不懈努力，融媒体数据中心（广电大厦）项目已被成功纳入邵阳市"十四五"重大项目规划。不久的将来，一个集广播电视节目生产、传输、播出、储存为一体的融媒体数据中心将拔地而起，高耸成邵阳的又一文化地标。

征途漫漫，惟有奋斗。全体邵阳广电人正初心如磐、豪情满怀，朝着全媒体、全终端、全场景、全用户的融合发展高地，跨越雄关，笃定前行！

（此文写于2021年1月）

守正创新，聚合发力

阮明湘[*]

2021 年，邵阳市人大、政协"两会"报道，全台整合资源，旗下广播、电视、报纸、网络等媒体平台全面发力，骨干力量全面集结，两个现场联动直播，传统和新媒体产品精彩纷呈，赢来满堂喝彩。惟创新者进，惟创新者强，惟创新者胜！这

阮明湘

是邵阳广播电视台首次集中优势兵力形成全媒体传播格局的尝试，给"两会"报道交上了一份满意的答卷。

2021 年 1 月 21 日，第三届邵阳市培育和践行社会主义核心价值观主题教育"双十最美"评选活动颁奖典礼，邵阳广电全媒体再次大联动、大直播。

2021 年 2 月中下旬，"激扬'十四五'踏春开新局"大型全媒体新闻行动启动，一群充满激情的新闻人再次开启新征程……

守正创新，深融致远。今年来，邵阳广播电视台不断推动媒体融合向纵深发展，深化体制机制改革，着力打造新型主流媒体，加快构建网上网下一体、内宣外宣联动的全媒体传播格局，传播力、影响力、引导力和公信力不断提升。

---

* 阮明湘，男，现任邵阳广播电视台融媒体新闻中心党支部书记。2004 年 3 月入职邵阳广电，在广播、电视、网站、客户端等媒体历练，多件作品获湖南省新闻奖、湖南广播电视奖一等奖，1 件作品获中国新闻奖二等奖；2020 年入选"湖南省广播电视媒体融合发展专家库"首批专家。

打通资源壁垒，实行移动优先

今年，邵阳广播电视台将新闻综合频道与新媒体中心合并，成立融媒体新闻中心。这是坚持新闻立台、推进媒体融合走出的关键一步。依托新闻综合频道丰富的新闻素材资源，前方记者和后期制作人员良性互动，融媒体产品生产能力进一步提升。如：《致敬！脱贫攻坚路上的HERO》短视频作品，集合了前方记者大量的视频素材，经过融媒体岗位制作人员精心"烹饪"，显得活色生香。

如果说融媒体新闻中心的流程优化是一个小循环，那么全台媒体平台优势互补就是一个大循环。"走基层·观新局"全媒体大型报道，台总编室统筹调度，各媒体平台抽调人员组成6个报道组，深入基层采访，根据不同媒体特性生产相应的内容产品，分批次有序推出报道。首先，在人员配备结构上充分考虑了从业经历、专业特长等因素，促进团队协作意识的融合。其次，在传播平台布局上，传统媒体平台强化新闻综合频道《邵阳新闻联播》首发地位，公共频道、综合广播、经济广播协同发力；新媒体平台强化"爱上邵阳"客户端的首发地位，新媒体矩阵协同发力。同时，新媒体平台还强化"移动优先"意识，充分做好短视频预告，实现了平台联动。这种局面的形成，就是"主力军挺进主战场，全媒体覆盖全阵地"。

精制原创产品，打造内容品牌

今年，全国脱贫攻坚表彰大会召开后，邵阳广播电视台融媒体新闻中心制作推出MV《带着幸福来见你》，反映了邵阳人民脱贫致富、同奔小康的幸福感，一幅美丽、兴旺、富足的邵阳新画卷正在徐徐展开。这个短视频在新闻综合频道、"爱上邵阳"客户端推出后，成为爆款产品，好评如潮。省委宣传部《新闻阅评》刊文对此予以表扬。

内容创新是媒体融合的根本。融媒体新闻中心将短视频作为突破口，充分展示广电媒体优势。《大开眼界！南山国家公园选"美"大赛》《市民为值勤交警送雨伞》

等多个短视频在网络平台表现抢眼，被新华社、央视频、学习强国等多家权威媒体转发。新媒体技术为融媒体内容产品赋能，"两会"期间推出 H5《2021 邵阳市政府工作报告：十大民生红包，暖心暖情》《邵阳市"十三五"成绩单》《2020 邵阳答卷》、动图《"十四五"邵阳这么干》等作品，深受好评。全省脱贫攻坚表彰大会召开时，及时推出互动海报《一起点赞邵阳脱贫攻坚答卷》《数说邵阳脱贫攻坚答卷》。这些融媒体产品的推出，被网友纷纷点赞转发，形成了刷屏效应，提升了邵阳广电媒体传播的品牌价值。

注重平台联动，形成聚合力量

一是充分发挥传统媒体与新媒体联动优势。2021 年邵阳市人大、政协两会期间，邵阳广电从广播、电视、新媒体抽调人员组织直播组，设置了第一现场和第二现场。第一现场以电视新闻综合频道为班底，负责会场内的电视直播。第二现场以新媒体、综合广播、经济广播、公共频道骨干力量组成团队，负责会前会后的网络、广播直播。两个现场整合了新兴媒体和传统媒体的传播平台，广播听众、电视观众、网络用户不同的受众人群相互导流，形成了集群效应。

二是充分发挥新媒体互动直播优势。如何让受众从接收到参与传播，这是提升用户体验、增强传播效果的关键。2021 年邵阳"两会""双十最美"颁奖典礼等重要会议和活动，"爱上邵阳"客户端直播平台开通了点赞、评论和抢红包等功能。网民在收看直播的同时，参与评论互动，给人共同参与的体验感。2020 年邵阳抗疫英雄凯旋，"爱上邵阳"客户端推出《英雄凯旋——直击邵阳支援湖北医疗队返程之旅》，实现对跨地域、多角度、全景式直播，直播团队与医疗队员、现场群众取得联系，指导他们用手机拍摄图片和短视频为直播提供素材，经编辑审核发布。当天连续 12 小时图文直播，发布视频 90 多条，当日浏览量达到 20 多万，备受全城关注。

三是充分发挥武陵山片区广电新媒体直播联盟，湖南省市、州新媒体直播联合体等聚合优势，扩大了直播影响力。2021 年邵阳"两会""双十最美"颁奖典礼等活动通过联合平台同步直播，每场直播点击量均突破 100 多万，影响力倍增。

　　融媒发力，未来已来。只要我们坚守新闻职业理想，凝心聚力推动媒体融合，构建全媒体传播格局，就一定可以开创更加灿烂的广电辉煌。

2021 年邵阳市"两会"第二直播现场

从"相加"到"相融"的蝶变

王周钦 *

2020 年 12 月 31 日上午，邵阳广播电视台宝庆西路办公楼新媒体中心会议室内济济一堂，一场由台长、分管副台长、机关相关部室人员、台属各媒体总监、分管副总监、骨干编辑记者和网络公司技术人员共同参与的"诸葛亮会"正在如火如荼举行。这是邵阳广播电视台为筹备邵阳市人大、政协两会宣传和直播工作而召开的专题会议。台领导和广播、电视、报纸、新媒体不同媒体平台各层面的负责人坐在一起，仔细探讨业务工作中的具体问题，成为邵阳广播电视台的一种新常态和新变化。这种变化让人真切地感受到，邵阳广电的众多媒体平台，不再是各种形态的简单相加，而是真正完成了从"相加"到"相融"的蝶变。

王周钦

重点部门合二为一、融为一体，"1+1=2"变成"1+1>2"。新闻综合频道和新媒体中心是邵阳广播电视台媒体融合发展中最重要的两个部门，前者有着精干的采编队伍和丰富的新闻资源，是融媒体产品原材料供应者，后者负责邵阳广电新媒体平台，是融媒体产品生产者和发布者，二者紧密联系、相互依存。然而，由于机构

* 王周钦，男，文学硕士，现任邵阳广播电视台办公室主任。先后在新闻综合频道、台总编室、交通频道、公共频道的新闻和管理岗位历练，多件作品获湖南新闻奖、湖南广播电视奖。

设置和工作机制滞后于媒体传播格局的深刻变化，两个部门经常出现信息不对称、沟通协调不到位、工作推进不理想的情况，甚至出现了"1+1<2"的效果，造成全台媒体融合效果不理想。在加快推进媒体深度融合发展的时代浪潮中，台党委敏锐地看到了

2021 年邵阳市"两会"第二现场访谈直播

邵阳广播电视媒体深度融合的重点、难点问题，果断地将新闻综合频道和新媒体中心合并成融媒体新闻中心，并在融媒体新闻中心设立融媒体产品部，真正打通了全媒体生产传播渠道，建立了集约高效的生产体系和传播链条。此后，广电的视频资源优势进一步彰显，记者在新闻现场拍下的鲜活镜头，以最快的速度和最好的效果通过新媒体平台呈现出来。

不同平台优势叠加、资源互补，"你是你，我是我"变成"你就是我，我就是你"。在频道制管理体制下，广播电视各媒体由于在承担繁重的日常宣传工作任务的同时，需要开展经营创收保障单位运转，绝大部分人力资源不得不服务于各自频道的中心工作。因此，长期以来"你是你，我是我"，很难在具体工作中形成密切配合、相互协调的局面。坚持一体发展，对全台各种媒介资源、生产要素进行有效整合，进一步提高生产效率，邵阳广播电视台在深度融合发展进程中对这一问题开出良方，并形成了台党委负总责、编委会具体抓的工作态势。于是，在 2021 年邵阳市"两会"直播工作中，从台领导到一线采编人员，从镜头前的主持人到后台的技术人员，所有工作人员都打破了部门之间的界限，在台"两会"宣传和直播工作领导小组的调度下，统一身着"广电蓝"台服，闪耀在"两会"现场，成为会场的一道亮丽风景。抽调各媒体精干力量，发挥各平台优势，全台范围内统一调度实施，成为一种常态化的工作模式，出动几百人次的"新春走基层"和"主播说党史"系列主题采访活动，也在这种联动和融合中产生了广泛影响。

"主播说党史"拍摄现场

在二次传播上，全台人员同频共振、同向发力，变"要我转"为"我要转"。"把电视办在手机上"，这是胡光华台长亲自抓、重点抓的一项工作。要求全台干部职工积极转发本台的融媒体产品，是台党委作出的部署。近几年，由于传播格局的不断变化，电视收视率有所下降，小屏比大屏受到更多的青睐，通过朋友圈集中转发短视频，对提升媒体舆论引导力和社会影响力有着重要意义。在这个问题上，邵阳广电人达成广泛共识，展现了强烈的集体荣誉感和团结一致的精神面貌，300多名职工每次都能在第一时间响应号召，积极转发推介本台的精品节目，在微信平台形成强大声势，这一现象也得到了上级部门和媒体同行的一致点赞。久而久之，在微信朋友圈晒本台融媒体产品，成为职工主动展示团队风采形象的常规动作，自上而下的工作指令变成了倍感荣耀的自觉行为。如今，只要后期制作人员将相关产品链接发在工作群内，马上就会得到同事们"已转"的回应。

深度融合，道阻且长。"相加"变成"相融"，是一个新的起点，媒体深度融合工程只要真正做好了融力、融心、融智，就一定会成为邵阳广播电视高质量发展的强大引擎。

全媒体联动、全介质传播、全方位满意

——邵阳"广电蓝"融合推进"两会"报道的成效与启示

袁中科

　　做好"两会"报道对媒体而言是一场"大考"。为做好2021年邵阳"两会"报道，邵阳广播电视台以"全媒体联动、全介质传播、全方位满意"为目标，整合资源，抱团推进。广播、电视、报纸、微博、微信、客户端等多点发力，直播、图解、H5、短视频、动图等轮番上阵，专题、特写、花絮、访谈、互动、连线等全面开花。身着"广电蓝"台服的记者们奔赴会场的各个角落，以"新招式"赢得"满堂彩"：全媒体平台共发稿260多篇（次），4场直播浏览量800多万次，推出连线报道20多场次，代表、委员访谈30人次，新媒体产品10多款样，吸引评论3200多条次，获赞140多万次，平台联动有态势、有声势、有气势，内容产品有新度、有温度、有高度，深受市领导和社会各界好评，融合创新力度空前、效果空前、影响空前、互动空前，开创了邵阳广电"两会"宣传报道的历史新高度，为聚焦重大主题报道探索出了融合联动的新路径。

全台联动、抱团推进，以集团作战的阵容优势放大广电"一体效能"

　　邵阳广播电视台把"两会"报道作为重要的政治任务来抓，台编委会统筹调集全台资源，探寻融媒联动机制和创新手法，提前半个月召开"诸葛亮会"，围绕融合、创新两大主题进行全面部署，制订详细的报道方案和应急预案，并成立了以台长胡光华为总指挥的联合直播工作领导小组，下设电视直播组、广播（移动客户端）直播组、干线传输组、播控组，细化流程、明确责任。主力军新闻综合频道先后 6 次召开部署会。开幕大会前

台领导在直播车上检查、指导工作

两天，台长、分管副台长组织相关人员召开"战前动员会"，围绕各个环节逐一过细，逐个解决人力、设备、器材等问题，将责任分解落实到每个岗位的责任人。

开幕大会前一天，直播车就位，第二现场（直播间）布置完成，传输端口与设备调试完毕，并进行了访谈演练与模拟播出，确保万无一失。开幕当天，30 多名身着"广电蓝"台服的全媒体记者活跃在会场内外，成为一道亮丽的风景。

全台联动，集团作战，前方报道组和后方值班组严阵以待。台长坐镇督战，副台长全程调度，各组密切配合、无缝对接，确保电视直播组和广播、移动端直播组步调一致，形成小屏、大屏联动，报、网、端、微协同发声的浩大声势。

除融合直播外，广电媒体实行多栏目联动、多介质传播，全台 70 余名记者、编辑、校对、技术等工作岗位上的精英通宵达旦、争分夺秒、不懈奋战，全方位、多角度报道"两会"盛况，传递"两会"声音。广电旗下 7 大媒体 15 个传播端口多点发力，以抱团推进的阵容优势，有效放大"广电蓝"的"一体效能"，立体提升"两会"报道的时效性、信息量和影响力。

融合创新、联动直播，以移动优先的快捷优势打造"两会""第一声势"

为让受众身临其境感受"两会"，"广电蓝"实施联动直播，以移动优先的快捷优势打造"两会""第一声势"，亮点频现、好评如潮，创造了全市广电"两会"

报道史上的三个"首次"。

一是首次全台联动，分设两组直播端口。运用融媒体云直播技术，分设电视端直播组和广播、移动端直播组。电视端直播组以"专题片+宣传短片+定版字幕+大会现场实况"形式呈现，并机直播平台为新闻综合频道、公共频道、邵阳传媒网；广播、移动端直播组以"宣传片+主持人串词+嘉宾专访+大会现场实况+嘉宾专访"形式呈现，并机直播平台为综合广播、经济广播、"爱上邵阳"客户端、"邵阳广播电视台"微信公众号，两组直播端口对开幕和闭幕大会进行了4场次全程直播。

二是首次联动开设第二现场（直播间）。在主会场入口显要位置搭建直播间，放置高清电视，视频播放效果第一时间呈现出来。主背景板"奋斗新时代"大气醒目、豪情四溢，2名经验丰富、颜值高的主持人在第二现场先后对30位人大代表、政协委员进行了访谈，直播间成了"网红打卡地"。

三是首次跨区域、多平台联动直播。有效联合邵阳各县区融媒体中心、村村响广播、全省14个市州的广电新媒体联盟成员，以及武陵山片区湘、鄂、渝、黔四省的11家广电传媒协作体成员台客户端，进行大联动、大直播，一时间直播链接刷屏朋友圈，掀起观看狂潮，4场直播全网总浏览量800多万次，获赞140多万次，形成强大的声势和合力。市人大分管宣传的常委会副主任刘德胜、市政协分管宣传的副主席李放文，从形式、内容、画质、播出效果等方面对这次联动直播作出评价："这是有史以来最好的一次。"市委常委、宣传部部长周迎春特意致电台长胡光华，对"广电蓝"的"两会"报道给予了高度肯定和表扬。

直播工作人员正在紧张工作

精心策划、精品迭出，以出新出彩的内容优势传播"两会""最强声音"

广电全媒体紧紧围绕会议精神和亮点，实现选题互动、一体策划，使"两会"报道全面准确、重点突出，受众爱看、爱转。

会前，《邵阳城市报》推出的《奋斗新时代》80 版特刊气势恢宏，全面展现邵阳发展成就。会中与会后，各媒体先后开设《奋斗新时代》《聚焦"两会"》《连线"两会"》《代表访谈》《委员访谈》《飞扬快讯》《Vlog 小陆带你看邵阳"两会"》等专题、专栏 12 个，浓墨重彩报道"两会"盛况，及时传达了全面落实"三高四新"战略、高质量建设"二中心一枢纽"的"最强音"。

新闻综合频道推出《奋斗新时代》专栏，每天新闻时长保持在 1 个小时左右。还推出特别报道《我们都是追梦人》，聚焦"两会"人物，采访了来自基层的代表、委员共 50 多名，用老百姓喜闻乐见的语言和方式进行播报，并通过新媒体平台精准推送，传统媒体焕发出融合活力。

"爱上邵阳"客户端推出动图《"十四五"邵阳这么干》、H5《2021 邵阳市政府工作报告：十大民生红包，暖心暖情》《邵阳市"十三五"成绩单》《2020 邵阳答卷》等 10 多款有创意、有高度、有情怀的新媒体产品，令人眼前一亮，树立了时政题材轻量化传播的成功范例。

公共频道、综合个播、经济广播、《邵阳城市报》等媒体平台，对《政府工作报告》进行了快速精准、落地式解读。"爱上邵阳"客户端还分区、分栏集纳了广电媒体所有的"两会"报道，形成聚合效应。

直播、图解、H5、短视频、动图等轮番上阵，专题、特写、花絮、访谈、互动、连线等全面开花。据统计，1 月 5 日至 11 日，广电各媒体共发稿 260 多篇（次），推出连线报道 20 多场次，代表、委员现场访谈 30 人次，新闻稿件与融媒体产品总访问量 100 多万次，其中 1 万 + 稿件 5 条，在上级平台发稿 15 条次，以出新出彩的内容优势传播了"两会"的"最强音"，彰显了良好的舆论引导和议题设置能力，进一步提升了媒体的传播力、引导力、影响力、公信力。

强化互动、回应关切，以线上线下的互动优势助催"两会"精神"入脑入心"

注重用户体验，强化互动参与，科学引导评论，这是"广电蓝"在此次"两会"报道中的又一特色。

"两会"期间，广电媒体和网民良性互动，"爱上邵阳"客户端评论区热火朝天。网络直播页面评论区更为火爆："直播让老百姓也走入了会场。""一机在手，直播全有，邵阳广电燃爆了！""向代表委员致敬！向代表委员学习！""奋斗新时代，一起看邵阳！""越努力，越幸运，邵阳，加油！""建设北路什么时候开工？""建议在市一中校门口设置红绿灯，确保学生安全"……不少网民通过平台送上了美好祝福，也提出了建设性的建议，更表达了对邵阳未来高质量发展的信心。4 场直播，吸引了 3200多人次评论、跟帖，获赞 140 多万条，成为连接会内、会外的重要信

邵阳"两会"上的广电摄像记者

息通道。负责评论审核把关的工作人员，一双眼睛盯着评论区，一条条审核"放行"，并及时回应关切，确保引评及时、导向正确，不断为网民打开更加丰富、精彩、宏阔的视听空间，以线上线下的互动优势助催"两会"精神"入脑入心"。

热烈的讨论、频繁的互动，把"两会"声音传到离老百姓最近的地方，在政府与百姓之间架起民意直通车，为"两会"胜利召开营造了浓郁氛围，凝聚了推动邵阳高质量发展的磅礴力量。

融合创新，打造亮点，邵阳"广电蓝"以"完胜"和"高赞"作结"两会"报道。躬身现场，不言苦累，青春飞扬，同心筑梦，这一抹"广电蓝"，在媒体融合发展的蓝海中，正乘风破浪！

经广"两会"直播：广电蓝海中的一朵浪花

沈 娟*

2020 年对于经济广播而言，是特殊的一年。这一年，频道从原来的"飞扬928"音乐频道，蜕变升级为"飞扬996"经济广播，新的呼号、新的起点、新的高度，伴随着新的变化。这一年，频道首次以经济广播的身份，加入了邵阳广电融媒体阵营，参与"第五届全球邵商大会"和"2021 邵阳'两会'"的全媒体直播，在首次为广电全媒体直播贡献力量的同时，也首次借助广电大家庭"融合"平台的巨大能量，在"两会"报道中提升了自身的知名度和影响力。

沈 娟

如何最大限度地在融合报道中出力又借力，将广播媒体的宣传优势发挥到极致？为达到这个目的，我们每个人都身兼数职：记者、编辑、播音员，甚至是司机。

广播的最大特点是快捷，而最快捷的路径就是现场连线，通过一部手机，便

* 沈娟，女，一级播音员，现任邵阳广播电视台经济广播副总监，湖南省播音主持研究会常务理事；曾主持《夜渡心河》《民情通道》《话说宝庆》《经广新闻》等多个品牌栏目，多次获湖南省播音主持作品奖一等奖，湖南新闻奖、湖南省广播电视奖一等奖；获中国青年志愿者优秀个人、"湖南慈善奖"等多项公益奖项。

可与直播间连接，第一时间从活动现场发回报道。从某种意义上来讲，一次现场连线就是一次小型现场直播。"两会"现场连线不同于其他连线报道，为了保证其严肃性和严谨性，记者提前一天，对连线内容进行了预设和成稿，并进行了三审：新闻稿的要素不可少、连线现场情景描述和各种细节不可少、现场直播的互动性不可少……

开幕大会于上午9：00开始，广电旗下的广播、电视、新媒体等七大平台同步进行第一现场直播，在正式开幕前半小时即8：30，设置了"嘉宾访谈"式的第二现场直播，而广播现场连线则可以说是直播"现场直播"，时间选择在8：15，这样既可在时间上与后续的直播形成完美衔接，又可在内容上对直播进行预告和预热。为了掐准这个时间点，报道现场的记者和采访对象、直播间的主持人、直播间外的导播与技术人员都提前半小时到位，一刻也不曾离开。8：15分，现场连线准时开始，在广播节目中呈现的，是"两会"现场的鲜活采访、"两会"内容的精准传递、记者播报的从容淡定。不少听众通过微信发来赞许，而这短短的不到10分钟的即时、丰富而又立体的现场连线背后，是经济广播直播团队的敬业奉献、一丝不苟。

在直播现场，记者还有一个身份——司机，由于部分采访嘉宾即人大代表和政协委员的住地与"两会"现场相距十几公里，他们又是乘坐的大巴车统一往返会场。为了让受访嘉宾提前到达直播现场，记者还主动承担了接送嘉宾的任务，天不亮就从家里出发前往。而直播访谈结束后，记者再将错过大巴的嘉宾送回宾馆。记者的这种敬业与贴心，也让嘉宾再三表示感谢并由衷竖起了大拇指。

在"两会"直播这场全媒体直播活动中，经济广播还采取"点、线、面"相结合的方式，彰显了广播特色——

点：《飞扬快讯》是经济广播的打点式新闻资讯栏目，"两会"期间，在每天的会议议程尤其是开幕会和闭幕会前后，我们都会对会议相关内容进行前期预告或会后播报。或以记者"现场连线"的方式，或以"新闻报道"的方式，将会议内容第一时间发给直播间的主持人即时播报，广播的灵活性与即时性在此得到了极大发挥。

线：《2021两会宣传》全天滚动播出。经济广播制作了3条宣传片，"两会"期间在全天节目中逢半点播出，这种线性播出，为会议营造了良好氛围。广大听众尤其是有车一族，任何时候打开收音机，都能听到关于"两会"的声音。

面：一是开幕会、闭幕会每场长达三小时的全程直播；二是《经广新闻》每天半小时的全面报道。《2021聚焦两会》是经济广播主打新闻栏目《经广新闻》在"两会"期间的专栏，每天下午18：30播出，将全天的"两会"报道进行集纳，给听众最权威、最全面、最深入的报道，如：人大代表、政协委员的专访，议政发言、政府工作报告的解读等等。

本次"两会"直播，经济广播通过连接新闻综合频道信号的方式，将新闻采编力量充实到现场连线或采访环节中，采编人员因此有了更加充裕的时间，或进行现场连线，或进行快速即时的资讯播报。同时，在频道本身也进行了融合式传播，比如在微信公众号上进行现场直播。

作者在隆回花瑶采访

这些传播渠道看似并无特别之处，但是广电旗下的两个广播频率、两个电视频道、报纸、新媒体等七大平台、近20个发布端口同时发力，形成了浩大声势，真正彰显了全媒体的融合力量。

"两会"直播结束后，广电直播团队得到了市领导的一致好评。统一身着蓝色工作服的我们在会场前面集体合影留念，同事们灿烂的笑容汇成了一片欢欣喜悦的海洋。

当你走在大街小巷、田间地头、会场礼堂时，当你的目光再次被那条流动的风景线、那抹"广电蓝"所吸引时，别忘了经济广播这朵跃动的浪花，虽然我只是这蓝海中的一滴水，但和大家一样，内心拥有着大海一般的汹涌澎湃。

大联动大直播："双十最美"以一束光点亮另一束光

袁中科

　　大气、震撼、感动！2021 年 1 月 21 日下午 3 时，邵阳市举行"第三届培育和践行社会主义核心价值观"主题教育"双十最美"评选活动颁奖典礼。邵阳广播电视台全媒体联动直播，广播、电视、网站、客户端等多点发力，武陵山片区 4 省广播电视联盟等 30 多个直播端口跨市联动，"双十最美"的先进事迹和感人瞬间，"飞"入亿万荧屏。220 多万浏览量、1600 多条（次）评论、23 万点赞，"双十最美"活动如一柱烟花，凌空绽放，燃出了多彩邵阳的大美与大爱！亦如一束光点亮另一束光，照耀着邵阳人民崇德向善、温暖前行！

邵阳市"双十最美"评选活动颁奖典礼现场

大联动、大直播："双十最美"从"现场"到"屏端"

"双十最美"活动是邵阳市创文路上的一部"大戏"，上至省委宣传部领导和市领导、下至组织单位与参与群众，都十分关切。为让一年一度的活动盛典释放出最大的正能量和影响力，邵阳广播电视台在获取邵阳"两会"融合创新、联动直播成功经验的基础上，再次整合资源、积聚力量、创新手法，对活动进行全媒体、全方位的宣传报道与现场直播，在市委大礼堂第一现场外，设置第二现场（直播间），邀请"最美人物"和特约嘉宾进行访谈。广播、移动端直播以"主持人串词＋嘉宾专访＋颁奖典礼实况＋人物专访"的形式呈现。

杨淑亭发表获奖感言

为确保直播万无一失，邵阳广播电视台早在12月18日就制订了详细的直播方案和应急预案，并成立了以台长胡光华为总指挥的联合直播工作领导小组，下设电视直播组、广播（移动客户端）直播组、干线传输组、播控组，各组分工明细、责任到人。

活动当天，台长坐镇督战，副台长全程调度，各组密切配合、无缝对接。广电旗下两个电视频道、两个广播频率、"爱上邵阳"客户端、邵阳传媒网等6大媒体同步直播，还与武陵山片区4省11家广播电视联盟、湖南其他13个地级市州广电新媒体以及邵阳各县（市）区融媒体中心进行联动直播，直播链接出湘入鄂、通黔达渝，"双十最美"的现场盛况，经30多个直播端口"送"入各地电视屏、手机屏、车载屏，掀起了一股收听收看的狂潮，直播浏览量超220万人次、评论1600多条(次)、获赞23万多次。

大联动、大直播，"双十最美"人物的感人事迹，穿越大屏小屏，直抵观众、激荡心灵。

市委常委、宣传部部长周迎春在长沙出差途中，通过"爱上邵阳"客户端收看了直播，给予了高度评价："颁奖典礼出新出彩，宣传报道有力有效！"

大宣传、大制作："双十最美"从"活动"到"史诗"

国无德不兴，人无德不立。为深入贯彻落实党的十九大精神，进一步推动社会主义核心价值观落细、落小、落实，进一步提升市民的思想觉悟、道德水准和文明素养，2018年1月22日，在市委常委、宣

主持人现场采访"最美人物"

传部部长周迎春的倡导组织下，"双十最美"评选活动正式启动。全市十个牵头单位分别组织推荐和评选行业典型，经部门推荐、资格审查、网络投票、专家评审、组织考察等环节，最终确定"十大最美组织（单位、场所）"和"十大最美邵阳人"（含提名奖），共计20个组织、20个人物。市创文办充分利用广播、电视、报纸、网络及"两微一端"等新媒体平台，户外广告牌、宣传栏、电子屏等载体，对活动进行全方位的宣传造势，做到家喻户晓、深入人心。

一时间，"最美文明家庭""最美巾帼标兵""最美社区""最美社区工作者""十

大最美医院""十大最美健康卫士""十大最美服务窗口""十大最美服务明星"等活动火热开评，道德典型不断涌现、榜样效应全面凸显、崇德向善蔚然成风，为邵阳创建全国文明城市、建设"二中心一枢纽"提供了强大的道德支撑。

作为"双十最美"活动的总策划、总指挥，市委常委、宣传部部长周迎春全力调度、全面督查、全程把关；承办单位邵阳广播电视台高度重视、高位推进，策划执行单位公共频道更是举全频道之力，精心摄制、倾力打造。广电旗下各媒体根据各自的特点，采用消息、通讯、专访、连线、直播等方式，不断加大宣传力度，其他媒体平台也同步推进、深入报道。在铺天盖地的宣传下，一个个闪耀的名字被人们所熟悉，一串串感人的事迹被人们所熟知，"最美人物"的点滴小事诠释着人间大爱，构筑起城市文明的新高度！

"双十最美"活动至今已成功举办了3届，共表彰了60个最美单位（含提名奖）、60个最美人物（含提名奖），并从中走出了4名全国道德模范及提名奖人物、6名省级道德模范及提名奖人物、8名"中国好人"，杨淑亭、肖剑锋等成为全国的先进典型。

"双十最美"颁奖典礼是一场璀璨夺目的视觉盛宴，让人充满期待和感动。现场通过播放短片、现场访谈、颁发证书、致敬礼赞等环节，展示感人事迹和崇高精神。公共频道坚持内容与形式并重，在节目策划、品牌包装、舞美设计、制作流程等方面不断创新，运用多种场面调度元素、烘托气氛，注重评选人物的年度感和人物报道的个性化，主题歌曲和背景音乐的运用恰到好处、相得益彰，主持词和颁奖词简洁精练、文笔优美，一字一句饱含深情，极具煽动力量，引发强烈共鸣。

大宣传、大制作。"双十最美"评选活动最终以晚会的形式精彩呈现，引导人们树立正确的道德观和积极向上、朝气蓬勃的人生态度。节目里的人和事，温暖着邵阳，感动着邵阳，已成为认知度、参与度高，吸附力、带动力强的响亮"品牌"，堪称邵阳的一部"精神史诗"。

大参与、大带动："双十最美"从"感动"到"践行"

发现感动，传承感动。"双十最美"高擎社会主义核心价值观的鲜亮旗帜，把一个个真实的感人故事搬上荧屏，感人至深、让人温暖、催人奋进！在全市各级各部门和广大人民群众中形成了广泛影响。

孔子说，"德不孤，必有邻"。每位"最美人物"的善行义举都是对道德实地的加固和道德土壤的改良。

看完第三届"双十最美"颁奖典礼，市民刘先生表示："灵魂又一次得到震撼，心灵又一次得到洗礼！"

"向最美致敬，向最美学习！""点赞最美！""邵阳，加油！"在移动直播平台的评论互动区，网友纷纷留言、点赞。"相信邵阳会涌现更多的最美，而最美的光芒也必将照亮每一寸土地、每一颗心灵！"网友"娟"留言说。

邵阳市社科联主席、文化学者张千山称，"双十最美"活动激发了邵阳人民干事创业的热情，助推文明城市建设，极具榜样力量！资深新闻阅评员王龙琪称，这些最美人物的故事，是邵阳人民践行社会主义核心价值观的"心灵收成"，是时代精神的"指向标"。退休干部孙贤亮表示，"双十最美"活动，有利于教育引导人们认同最美、学习最美，自觉规范自己的行为习惯。

"双十最美"活动，从发起、组织到评选、表彰，每一个流程、每一次拍摄、每一次传播，都充满"感动"。

真正的感动，在于感而动之。在"双十最美"活动的感召和带动下，广大市民文明创建的热情充分释放，全市学雷锋志愿服务、文明家庭评选、文明劝导等活动四处开花、随处可见，向上向善的道德力量磅礴成势，孝老爱亲、助人为乐、诚实守信、敬业奉献的精神入脑入心，最美现象、模范典型正在从"盆景"变成"风景"，善行义举、文明新风正扑面而来！

当好直播安全的"守门员"

唐新春[*]

2020 年，作为技术人员，我参与了大大小小的现场直播不下百场，确保了直播信号的安全、稳定，虽然辛苦却也乐在其中。百余场现场直播活动，锻炼了我的快速作战能力，也让我对直播更加熟练。2021年，新年伊始，邵阳"两会"的现场直播如期而至，这是让我印象最为深刻的一次。

唐新春

我们技术人员连续几天都鏖战在"两会"现场。前期的直播准备，包括场地的提前勘察、对直播机位的摆放预设、导播台的定位、网络通信接口以及话筒数量的确定等。只有准备活动充分，才能做出相对应的技术方案，确保直播万无一失。

由于"两会"现场的环境复杂多变，为保证安全播出，直播设备之间的连接必须牢固可靠。为确保一些长引线的安全，我们所布的每一根视频线都会用布基胶带粘牢。调试时，我们把直播时所需的功能全部测试一遍，相当于正式直播的预演，以此来检验技术方案能否满足节目需求。通过音频信号的回传，检查音频信号的质量，测试网络信号的稳定性，确保直播时不卡顿。再三检测、细之又细，不放过任何纰漏，尽量把问题解决在调试阶段。

* 唐新春，男，1988 年出生，毕业于湘潭大学电子信息工程学院，工学学士。现任邵阳广播电视台融媒体新闻中心技术部副部长，执行各类直播活动技术保障一百多场次。

这次直播，我们带了大量的设备，甚至把我们演播室的播音台和灯光都搬过去了，就是为了保证现场直播的效果。

安全播出无小事，我们始终把安全播出放在第一位。我们随时留意现场直播过程中的信号监测，并时刻观察直播信号的流畅度、检查网络信号的稳定性。对于直播中可能出现的问题，我们也提前制定了应急预案。为确保"两会"现场直播的效果，我们要使用网络推流设备，而且准备了"一主一备"两台硬件直播编码器，同时推两路信号流，如遇突发情况，方便及时切换信号。现场录制也是"一主一备"同时录制，避免出现问题。

从前期勘察场地到制定直播方案，从搬运、布置设备到信号检测、安全调试，从直播监测到应急预案，我们技术人员忙碌得像一只只陀螺，连轴转，加班加点、吃盒饭是常事。当"两会"直播因信号稳定、画质清晰、转接流畅而受到市领导、台领导的肯定和表扬时，一种莫大的成就感油然而生，几天的不懈努力与艰辛付出有了回报。

我们是一群幕后的英雄，责任在心，不言苦累，为的是当好直播安全的"守门员"。

凝心聚力"广电蓝"

冷令华 *

　　蓝，是大海深邃的基色，亦是天空最美的底色。

　　海纳百川，天容万象。融媒体时代，邵阳广电凝心聚力融合发展，开拓出海阔天空的新天地，广电人在这里大展拳脚、遨游飞翔。每个人的力量融聚在一起，似一团熊熊烈火，炽热发光，温暖人心；散落在各自岗位上，又似满天繁星，一人多能，共放异彩。

冷令华在采访基层民警

　　与大海之"蓝"、天空之"蓝"相呼应的，是一抹统一定制发放的台服"广电蓝"。穿在身上，犹如将士披上戎装。铠甲加身的我们，在属于自己的战场上冲锋在前，守住新闻梦想，铸牢采访初心。

　　媒体人永远在路上，不仅仅在采访的路上，更在学习、探索的路上。融媒体新闻中心成立后，将新闻采访、编辑策划、融媒体产品生产、活动营销、技术播出、综合管理等融为一体，新起航的新闻旗舰，战斗力迅增猛涨。作为新闻采访部时政组的记者，我深感责任重大、压力倍增，不仅要时刻学习、深度学习，进一步提升自身采写技能，而且要无缝对接其他部门，协同作战。

* 冷令华，女，2014年入职邵阳广播电视台，先后担任脱口秀评论节目和旅游节目编导、新闻栏目记者，现为《邵阳新闻联播》时政记者。曾获第九届中国旅游电视周旅游电视专题类"好作品奖"、湖南电视广告信息节目奖二等奖、湖南广播电视奖三等奖。

　　记得 3 月 16 日全台召开党史学习教育动员会，我独自一人第一次在完成联播新闻采访拍摄写稿任务的同时，还要按融媒体产品部的策划要求，第一时间录制、剪辑视频，并打包投送。当晚，电视《邵阳新闻联播》、客户端、视频号、微信公众号等平台同步推出了我采写的稿子，那种多渠道、多形式的宣传效果，让我很有成就感，也很激动，这是融媒体之前"单打独斗"所不能及的。

　　真正唱响"广电蓝"融媒体品牌的，应数 1 月初对全市"两会"的融合报道。全台上下所有的采编播工作人员身穿台服，直播的，访谈的，采访的，录制的，调度的，现场审核的，随处可见身着蓝色台服的背影，"广电蓝"成了"两会"媒体宣传战线中一道亮丽的风景线。我台创新联动，电视、电台、报纸、APP、微信等各平台资源共享、互融互动，探索出全媒体联动、全介质传播的有效路径，也成就了邵阳广电人的"高光时刻"。

　　习近平总书记说，我们都是追梦人！而根植于我内心的，就是那份情不知所起而一往情深的新闻梦想。2014 年，一毕业便进入广电，从公共频道评论部《港句老实话》，到经旅频道专题部《魅力邵阳》，再到综合频道新闻部《邵阳新闻联播》，我在岗位转变中历练，在一步步历练中成长。其实，对于我的职业，家里一直有反对的声音。结婚前，家人觉得女孩子不该一个人在异乡漂泊，做记者太辛苦；结婚后，大家又觉得身为一名军嫂、一个妈妈，工作太忙顾不到家。可是，我喜欢啊！大学四年的新闻专业学习和几年在一线的新闻采写实战，越沉淀越发觉从事新闻工作的美好，以及深入基层采访所收获的别样幸福感。

　　艰难方显勇毅，磨砺始得玉成。征途漫漫，惟有奋斗。身着"广电蓝"的我们，将不忘初心、接续奋斗，不断增强采写能力、不断提升业务水平、不断强化服务意识，以顺势而为、砥砺奋进的昂扬姿态，拥抱媒体融合新时代。

"HERO"归来话"相融"

李　亮*

习近平总书记在党的新闻舆论工作座谈会上指出，要尽快从相"加"阶段迈向相"融"阶段，从"你是你、我是我"变成"你中有我、我中有你"，进而变成"你就是我、我就是你"，着力打造一批新型主流媒体。

李　亮

如今，媒体融合发展的速度越来越快，且范围越来越广。如何提升舆论引导能力，是地市级媒体的重要课题。

2021年2月25日，是全国脱贫攻坚总结表彰大会召开的日子，这一天，是中华民族"民亦劳止，汔可小康"千年夙愿终于梦圆的辉煌时刻。2月26日，邵阳受到表彰的14名先进个人和7个先进集体返邵，战"贫"英雄归来。正好这天是元宵节，傍晚时分，邵阳人民的"朋友圈"被H5、视频号、"爱上邵阳"客户端"三剑"齐发的新媒体作品《致敬！脱贫攻坚路上的HERO》、MV《带着幸福来见你》等强劲"霸屏"，随后，学习强国、央视频、今日头条等各大平台也

* 李亮，男，现任邵阳广播电视台融媒体新闻中心总编辑。邵阳电视台首届"金牌记者"，多件作品获湖南新闻奖、湖南广播电视奖一等奖，14次被评为先进工作者和优秀共产党员。2018年获评第十四届湖南省"优秀新闻工作者"和邵阳市首届"德业双优"新闻工作者，2021年获评"湖南省脱贫攻坚先进个人"。

转发了这些作品，邵阳高礼遇致敬全国脱贫攻坚获奖代表成为新闻热点。这一天，邵阳广播电视台融媒体新闻中心发布稿件、短视频 70 多条，播放量 30 多万，点赞上万条。各级干部群众和网友表示，邵阳广电融媒体报道见证伟大时刻、致敬战贫HERO，这是一组难得的好新闻、暖新闻。

融媒体时代，大部分地市级电视媒体都经过长期的磨炼，具有较强的人才资源，并已形成专业的内容制作理念，在新闻内容的广度、高度与深度方面，占据绝对优势，地市级电视媒体打造媒体影响力大有可为。笔者就此谈一谈粗浅的体会。

强化新闻立台，增强媒体公信力

"新闻立台、技术强台、产业活台"，是地方电视台发展的三驾马车。新闻节目的成功与否，常常关系到地方电视台的生存。新闻立台，常常意味着新闻栏目要出品牌，有了好的品牌，不仅可增强电视台对受众的黏性，也可扩大电视台经营的底牌。打造一个好的新闻栏目，就要"弯下腰""俯下身"，到基层捕捉到更多更好的"活鱼"，让节目更好看、更耐看，更好地为党委政府服好务，从而进一步提升媒体的权威性、公信力。

《邵阳新闻联播》是邵阳广播电视台的第一品牌栏目，也是观众了解邵阳时政消息的第一窗口。节目组牢记"党媒姓党"的定位，充分发挥"党和政府"的喉舌功能，对党委政府的"指令"，不是机械地执行，而是把这些指令变为信息"富矿"，淡化"宣传"功能、加重"新闻"效应。常常从市民的角度来报道新闻事件，让新闻题材软一些、切入点小一些、形式多一些，变枯燥单调的"宣传"为贴近群众的"故事"，从而更好地吸附受众，达到更好的宣传效果，以此提升在全媒体时代引导舆情的公信力。

2 月 25 日到 26 日，节目除及时准确转载推送央媒、省媒重点稿件外，还及时做好大会及受表彰代表的动态新闻报道，结合各单位部门干部群众的工作实际，策划了大量的大会收看收听以及对习近平总书记大会上的讲话精神的反响稿件；结合邵阳本地实际，推出新闻专题《脱贫攻坚大决战纪实》，全方位展示了邵阳八年脱贫攻坚的成果，反映了人民群众过上美满生活的喜悦，共播发先进个人和先进集体人物专访 21 条，一线记者海采对象多达 100 多个。

强化服务意识，增强受众美誉度

在以往的地市级电视媒体制作传播中，通常只能让受众坐在电视机前等新闻，其便利度较低，且时效性相对较差。随着时代的发展、信息技术的进步，受众接受新

邵阳县油茶园

闻信息的渠道增多，电视不再是信息的唯一来源。融媒体时代，地市级电视媒体要想在众多媒体中站稳脚跟，找到适合自己的发展道路，需要对电视的节目编排进行重新调整，增强自身的市场服务意识，让电视节目更加贴近观众，以此来满足和符合观众的收视需求和习惯。同时通过对观众群体进行客观的判断和分析，在做到保证收视率的同时，努力做到节目编排与市场服务意识的和谐统一。

　　邵阳广电融媒体新闻中心 2 月 26 日的这组报道，重沟通、重互动，记者在采访过程中，不仅与采访对象沟通，还在朋友圈与观众互动，第一时间通报进程，搜集线索。从编发的稿件和采访的内容看，他们当中既有杨淑亭这样重大典型的最新

发声，也有普通群众的感人瞬间，特别是选用了市委书记在座谈会上的一段讲话，配以"最美扶贫人"的背景音乐，既增加了可看性，又丰富了视觉元素，在煽情类短视频中凸显时政亮点。网友们纷纷留言："超燃、超赞""太暖了""让我们对这些平凡英雄有了更多的了解""情怀的背后是满满的幸福"……

强化合纵连横，增强媒体竞争力

融媒体时代，不是各自为政、各自发展的时代，没有一家媒体可以凭借一己之力涵盖所有的信息。新兴媒体的迅速发展，各类电视剧、综艺、影视等作品已经不再安于现状，逐步开始探索新媒体的传播途径。地市级电视媒体在自制节目上的投入不断增多，但因传播渠道固化，观众一步步地减少。在此背景下，电视要想获得长久发展，便需要运用新媒体、新手段，尝试将不同内容和形式进行融合，占领更多的传播端口，分析不同的受众市场，掌握不同的表达方式。地方电视台更应如此，要强化合纵连横，吸纳多个不同媒介的优势和特色，以此嫁接出具有地方特色的新电视栏目和节目，拓宽地市级电视媒体的传播范围，提升竞争力；要尝试在电视节目中将栏目博客、网络视频、网络杂志、报纸、广播以及手机等优势"吸纳"进来，取而"融"之，不断拓宽栏目制作的视野、整合节目信息的资讯、丰富内容的信息量，以此来打造全媒体时代的信息高地。

为进一步拓展新闻关联度，产生"1+1>2"的效果，提高收视率，邵阳广电在2月26日当天启动图文直播《致敬！全国脱贫攻坚》，上午7：30，发出第一条视频新闻。其后，融媒体新闻中心旗下的"爱上邵阳"客户端、邵阳传媒网、官方微博、微信、抖音号、视频号等矩阵同步发布推出。随着一条条独家视频的播出，图文直播收视一路向高，到中午12：30，图文直播中40多条短视频就吸引了166万点击量，点赞上万。

在图文直播的同时，坚持全媒体发声，结合电视声画的独特优势，大量运用记者出镜、连线、现场同期、历史资料对比、三维字幕图标、MV等手法，用群众喜闻乐见的表现形式，精心制作多个精美短视频，在抖音、视频号上进行引流，不断扩宽信息传播的空间，形成了独具特色的新闻传播方式。

邵阳广电融媒体新闻中心

全媒体传播时代，融媒体中心建设已经上升为媒体转型国家战略。2018 年 9 月，中宣部提出了部署目标，要求于 2020 年底基本实现县级融媒体中心在全国的全覆盖。2019 年 1 月，随着广电总局《县级融媒体中心建设规范》和《支撑县级融媒体中心省级平台规范要求》的发布，我国媒体融合进程再次提速。

当前，很多地市级媒体融合发展由于体制的原因仍然处于探索阶段，邵阳广电的这次融媒体创新传播，不仅是一次破局，更是一次远航。在媒体深度融合过程中，我们要进一步在继承与创新节目上实施精品工程，让从事融媒体工作的采编播人员，不仅掌握传统广播电视的宣传技能，更要学会制作微信、微博、H5、抖音、短视频等系列新媒体产品，不断推陈出新、做精做细；在构建全新格局上不断创新理念、内容、体裁、形式、方法、手段、业态、体制、机制，增强针对性和实效性，以适应分众化、差异化传播趋势，使电视媒体和新媒体相得益彰、相互依存，加快构建舆论引导新格局。

广电"短视频"刷出融媒"长发展"

李梦妮 *

近年来，短视频平台逐步成为重要的舆论阵地，据《中国互联网络发展状况统计报告》，截至 2020 年 12 月，中国的短视频用户规模为 8.73 亿，占网民整体的88.3%。借助短视频平台，将新闻报道以短视频形式呈现出来无疑是传统媒体转型发展的契合点和发力点。坚持大小屏联动，增强广电媒体与短视频平台合作的多元化，是融媒前行的必经之路。

李梦妮

邵阳广播电视台利用自身蕴含的强大的视频基因和短视频转型时所具备的先天优势，积极置身短视频"风口"，借力抖音、快手、视频号等短视频平台，不断释放邵阳的正能量，提升用户的参与感，短视频产品爆款频现，刷屏朋友圈，并刷出了媒体融合的"长发展"。

* 李梦妮，女，新媒体编导、策划人，2018 年入职邵阳广播电视台，现为融媒体新闻中心产品部副主任。主创的新媒体产品获全国融媒体产品"十佳"、湖南新闻奖二等奖、湖南省政法系统"短视频大赛"一等奖等多个奖项。

抖动邵阳正能量

群众"汇集"的地方就是媒体要"宣传"的地方。如今，"刷一刷""抖一抖""拍一拍"已成为人民生活的日常。邵阳广播电视台官方抖音号自入驻以来，以传播正能量为己任，爆品不断。2019 年 2 月 14 日，隆回县荷香桥镇一位妇女和两名孩子落水。"救命"声传来，51 岁的村民周玉良迅速脱去衣服，一路狂奔，在桥墩上纵身一跃，跳入冰冷的河中施救，当落水者被救上岸时，体力严重透支的他被冻得瑟瑟发抖。正是他的这"一脱""一跳"和"一抖"，让他的英勇事迹上了抖音平台

部分短视频作品

的热搜，邵阳广播电视台官方抖音号这条《隆回"奔跑哥"跳水救人》的短视频播放量达到 3166 万、点赞 323 万、评论 5.5 万条，有人留言"你奔跑的样子像极了天使！"，救人英雄周玉良迅速在抖音平台"蹿红"，邵阳正能量被更多人看见。

在建党百年之际，邵阳广播电视台官方抖音平台推出邵阳党史合集"邵阳红色

记忆"，每个视频在短短几十秒的时间里，讲述一个邵阳红色故事，共推出 30 期内容，播放量近 400 万，其中《萝卜眼里长铜钱》单个视频获赞近 8 万，点播量 120 万，网友评论："我是武冈人，永远铭记先烈们！""这是人民的队伍。""此生不悔入华夏，来生还是华夏人。""满满的感动！"……《一套特别的囚服》短视频中，有网友评论："英烈永垂不朽，向您致敬！""这就是先烈们的作为，身为现代人一定不能忘记这些民族英雄！"众多网友表示"学到了""知道了"，这些邵阳革命先烈的英勇事迹，借助新媒体平台传播开来，入脑入心。邵阳广电利用短视频和各类新媒体平台，成功营造了随时随地学党史良好氛围。

我作为短视频的策划者和实操者，深刻感受到，在短视频万箭齐发、精品迭出的环境下，做个普通的短视频确实不难，但要将其打造成小爆款甚至爆款产品，真不是件容易的事。要花很长时间去琢磨，怎么讲好故事，怎么设置悬念，配什么样的音乐，时长控制在多久，取个什么标题，用什么样的文字引发共鸣，选在什么时间段发布，都是有讲究的。常常，取点定位都要想半天，近两年来，我一直在思考与践行中，日复一日地制作着各类短视频，为的是让邵阳的声音传得更远，让邵阳的正能量更高昂，为的是将邵阳广电的短视频名片擦得更亮，将传统媒体与新媒体融得更深。

功夫不负有心人，经过我们团队的不懈努力，截至目前，邵阳广播电视台抖音号粉丝数达到 38 万，作品播放量超 7 亿，获赞 1600 多万条。

刷屏全国朋友圈

邵阳广电秉承"内容为王"的原则，积极发挥短视频新闻社交性强的优势，加强用户黏性，注重对 UGC 视频内容的开发利用，拓展短视频新闻的采集网络，多平台发力。

2021 年，邵阳广电正式入驻视频号，通过朋友圈就能看邵阳新闻和相关直播。通过朋友点赞来推荐内容，是视频号重要的推荐机制之一，它区别于单纯以个人兴趣作为依据的推荐方式，也区别于以"关注"为依据的封闭的推送方式，使受众更有机会看到朋友感兴趣的内容，媒体传播内容可以通过这种方式"出圈"，触达更多人。2月25日，全国脱贫攻坚表彰大会在北京召开，邵阳广电实时推出邵阳获脱贫攻坚表彰个人和集体动态信息，邵阳人民的朋友圈跟着刷屏，喜讯在第一时间传达，"脱贫攻坚英雄"返回邵阳之际，邵阳广电立即推出纪实短片《致敬！脱贫攻坚路上的HERO》，视频号播放量破10万，邵阳英雄也刷屏了他们的朋友圈。

我们在立足本土题材的基础上，紧扣时事热点，不断拓展题材、延伸内容，取得良好效果。《袁隆平与邵阳的故事》短视频被多个微信公众号引用，播放量30多万；高考期间，邵阳广电视频号推出系列短视频，点播量达300多万，邵阳学子的奋发图强、护航高考的暖心举动相继刷屏；河南暴雨，一方有难、八方支援，短视频《看哭了！危难时更懂得什么叫同胞》播放量1800万，点赞近70万，3万人转发至朋友圈；实时更新奥运夺冠时刻的短视频，播放近500万，上万人转发至朋友圈。邵阳广电出品的这些短视频，迅即刷屏全国人民的朋友圈。

习总书记说，不负韶华，只争朝夕。对于广电人来说，每一个当之无愧的爆款产品、每一场人气爆棚的直播活动背后，都是我们夜以继日的加班和持之以恒的努力，都是我们默默无闻的付出和初心如磐的坚守。

以"短视频"撬动媒体融合"长发展"，我们正乘风破浪，不断开拓出新闻传播的新版图。

从脱贫攻坚宣传看地市广电融合传播的影响力

杨荣干

脱贫攻坚是全面决胜小康路上最重要的攻坚战，既需要强大的物质力量，也需要强大的精神力量，而媒体就是精神力量的重要塑造者、传播者和推动者。在这场攻坚中，邵阳广播电视台作为地市党媒，高举旗帜、融合创新、铿锵发声，讲好邵

绥宁县美丽乡村

阳故事，为决战决胜脱贫攻坚营造上下联动、全民参与的浓厚氛围，不断提供凝聚人心、砥砺前行的精神力量源泉，在当地产生了深远的影响。

一、融合传播为脱贫攻坚装上"扩音器"与"阳光台"

1. 融合传播助推政策、信息的到达率

融合传播平台是宣传党委、政府战略决策的传导者和解释者，是社会力量的激发者和社会信任的重构者。作为覆盖基层地区的高效传播媒介，地市广电融合传播在促进脱贫政策和信息在基层的宣传推广中，具有不可替代的重要作用。与单一的传统媒体相比，融合传播的内容可以以多媒体形态、多传播渠道、长时间展示的方

隆回县向家村（全省脱贫攻坚示范村）

式进行传播，在扶贫政策解读、与基层群众沟通、传播普及扶贫信息等方面具有天然的传播优势。要想快速、快捷地让党委、政府的声音，从中央传递到地方，从市到县，从县到乡镇村组，文件是主渠道，融合传播的"扩音器"作用不容忽略，也不可或缺。

2. 融合传播与脱贫攻坚良性互动发展

脱贫攻坚，仅靠政府的大包大揽是不够的，社会力量的参与程度直接关系到脱贫攻坚的最终效果。而媒体的融合传播作用就是一方面将外部的成熟经验引进来，实现从外到内；一方面将基层的经验挖出来，实现从下到上、双向进入，发现推广一

批可推广、可复制的成功经验，拓宽精准扶贫的思路。同时通过公开报道，让政府的运作展示在公众面前，提升社会能见度，最终形成融合传播和脱贫攻坚实践相互促进的良性循环，成为当地居民获取新闻信息和公共服务的"阳光台"。

二、融媒体传播矩阵唱响脱贫攻坚的时代强音

决战脱贫攻坚是人民群众高度关注的一件大事，是各种舆论传播的热点话题，也是主流媒体的重大主题宣传任务，作为地市广电责无旁贷、使命光荣。

1."六端一体"融媒传播，唱响脱贫攻坚强音

2020年，邵阳广播电视台始终把服务脱贫攻坚作为重大政治任务和第一民生工程，充分发挥行业特点优势，加强组织策划，全面打造广播（声）、电视（屏）、报纸（报）、网络（网）、客户端（端）、微信（微）"六端一体"的融媒体传播矩阵，并对机构、编制、职能、人员、设施进行统一划归和高层设计，形成阵地和传播的绝对优势，让广播电视与网络视听形成同频共振，传统媒体与新兴媒体互相助力，运用符合不同媒介特点的表现手法，抖音、快手、H5等齐上阵，打造可视、可听、可阅、可感的融媒体传播产品，网上网下结合，线上线下互动，汇聚形成了重大主题新闻宣传的中坚力量，全媒体融合传播，唱响脱贫攻坚最强音。

2.策划有序，彰显媒体担当与新闻力量

一年来，邵阳广播电视台各新闻矩阵在脱贫攻坚舆论引导中彰显新闻力量、体现媒体担当，聚焦主线，分阶段、有节奏地推进脱贫攻坚的宣传工作，接力推出《决战决胜脱贫攻坚》《记者在脱贫一线》《产业兴邵》《承接产业转移示范区建设进行时》《最美扶贫人物》《走向我们的小康生活》《脱贫攻坚群英谱》等专题系列报道，"爱上邵阳"客户端在重点位置推出专栏《决战决胜脱贫攻坚邵阳很给力》《听最美扶贫人物讲述最美扶贫故事》等。这些矩阵式的新闻报道，通过不同的视角、多维的叙事方式、多样化的表现手段，大版面、持续性、立体化构建宣传阵势，全景式展现邵阳决战决胜脱贫攻坚的努力和担当，收到良好效果，受到广泛好评。

三、守正创新汇聚脱贫攻坚的强大精神力量

如何做好重大主题的宣传，运用更多群众喜闻乐见的形式让脱贫攻坚深入人心，一直是媒体工作者努力探索的课题。

1.把握好"时度效"，让邵阳故事有张力

邵阳广播电视台一直坚持"新闻立台"理念，积极落实"全国扶贫宣传工作会

议"精神,深入基层,贴近民生,聚焦各地脱贫攻坚的生动实践,报道扶贫、脱贫的典型案例,传送脱贫经验,展现脱贫成果,关注成果背后鲜活的"人"和故事。《扶贫印记》专栏记者主动践行"四力",从小切口入手,走进全市的各个"扶贫点",通过报道精准扶贫、精准脱贫的典型案例,挖掘更多可复制、可借鉴、可应用的成功经验,从一个个贫困村如何"脱贫奔小康"的小故事中去感受脱贫攻坚给村民们带来的大变化,带领群众领略"复工复产""脱贫攻坚""乡村振兴"等邵阳坚持新发展理念、推动高质量发展的故事。在"高度、速度、广度、深度、力度、温度"上下功夫,提升重大主题宣传的影响力、增强吸引力。

2. 打造精品爆品,让扶贫榜样有魅力

脱贫攻坚是篇大文章,邵阳广播电视台积极创新宣传形式、推进节目精品工程,记录好、呈现好全面建成小康社会的时代壮举,展现好人民群众脱贫攻坚的生动实践,汇聚万众一心奔小康的强大力量。一年来,邵阳广播电视台以扶贫干部为主体宣传对象,制作推出《扶贫干部在基层》《最美扶贫人物》,讲述扶贫攻坚一线党员干部的感人故事,展现他们在扶贫工作中的无私奉献和艰辛历程,传播榜样的力量,为各地脱贫攻坚工作提供舆论引导,为推动乡村振兴战略营造浓厚氛围,是系列主题宣传一次有益的探索和成功的创新。

3. 凸显融合优势,让直播带货有战力

作为习近平总书记精准扶贫思想形成和落地的生动印证,邵阳广播电视台发挥行业优势,精心策划开展直播带货活动。一年来,通过"直播带货+微信公众号推广+纪实真人秀",搭

新宁县黄龙镇脐橙园

建电商平台，丰富消费扶贫形式等方式，采取多种形式开展"抗疫助农，共克时艰"直播带货活动，让广播电视和网络视听成为推介贫困地区农产品的重要渠道，有效解决了各地特色农产品的滞销难题，为克服疫情影响、推进脱贫攻坚，贡献出了地市广电融合传播的应有力量。

四、结　语

随着媒体融合向纵深推进，地市广电融合传播以及运营不断呈现出新业态、新模式、新动能。面对新的时代使命，邵阳广播电视台将继续履行广电职责使命，有力发挥地市级媒体"领头雁"作用，牢牢聚焦主题主线，守正创新，立足自身优势，融合资源，做大做强融媒体中心，大力提升"爱上邵阳"客户端的传播力度、宽度、广度、深度，多维度拓展融合互动，全景式展现邵阳地区乡村振兴的伟大壮举，为"巩固拓展脱贫攻坚成果、接续推进乡村全面振兴"汇聚更多思想的力量、精神的力量、奋斗的力量。

试析5G带给市级广电媒体的挑战

罗小华 *

4G 改变生活，5G 改变社会。5G 时代正大踏步地向我们走来。5G 预示着万物互联时代的全面开启，旋即推动一场剧烈的信息革命，给舆论生态、媒体业态带来颠覆性的变革。这对于广电行业来说，会是一项全新的大挑战，尤其对于传统的地市级广电媒体，是重大挑战。

罗小华

一、自媒体"野蛮"生长，受众分流严重

当今社会，电子信息技术和制造业飞速发展，一部智能手机集拍照、摄像、录音、打字、编辑功能于一体，成年人绝大多数持有智能手机，人人都可成为记者，都可坐拥自媒体。进入 5G 时代，"万人皆媒"。随着生产自动化程度的提高，人们有更多的空闲时间和剩余精力来记录自己的所见所闻，记录个人小事、家

图片来源 北斗云

* 罗小华，男，现为邵阳广播电视台主任记者，发表专业论文、理论文章20余篇，多件作品获湖南新闻奖、湖南广播电视奖一等奖。

庭琐事及身边的凡人凡事；随着公民主体意识和表达欲望的增强，人们动不动就对自身行为和周边事物拍照、录像或发表"感言"，动不动就将这些照片、视频、图文发到微信群、朋友圈、微博或 Vlog（视频博客、视频网络日志）上；对于社会热点话题和重大突发事件，自媒体也会恣意转发、纷纷"留言"，发表观点、提出意见。自此，自媒体大肆爆发并成为巨大的信息源。人们在闲暇之时，更加习惯于看微信群、刷朋友圈。人们浏览、观看、品味微信群、朋友圈、大 V 博客、公众号的时间增加，读报纸、听广播、看电视的时间被挤占，必然会分流地市级广电媒体的受众和用户。与此同时，这些充斥于世的自媒体"声音"，非常容易形成舆论旋涡；在众声喧哗中，广电主流媒体必须及时、准确、权威发声，正本清源、厘清是非、一锤定音，发挥定盘星的作用。

二、视频更加盛行，专业要求更高

近两年来，短视频在互联网新媒体平台异军突起、方兴未艾。目前，抖音和快手的日活用户分别是 3.5 亿和 2.5 亿，除去重叠部分，每天约有 4 亿到 4.5 亿人使用短视频。就传播效果来说，文字不如图片，图片不如视频，视频是传播的高级形态，它作为当前各家媒体争夺受众注意力的核心资源，因其具有直观、形象、本真、现场感强、录制简单、操作便捷、认知容易等优点而备受用户青睐，众多主流传统媒体因此抢滩进驻抖音、快手等头部视频平台，各头部互联网公司在视频领域也频繁布局、急流勇进。例如：芒果 TV 与中国电信，二者于 2019 年 5 月共同启动"5G+4K+VR"大视频产业合作，并同步在湖南 IPTV 上线"5G+4K+VR"视频专区。5G 时代，视频作为一种进入门槛较低的记录和表达手段，在大平台的支持下，会持续提质扩容、迅猛增长。5G 孵化了高清视频新模式，电视媒体、自媒体和各大视频网站的内容制作能力将会显著提升，视觉呈现和视频表达必将进一步普及，视频的拍摄、制作、播放、观看犹如"家常便饭"，将会盛行。5G 的超高网速和超低时延打破了 4K、8K 视频传输的瓶颈，大幅度提升了视频的清晰度和流畅度，为已经呈现爆发态势的"短视频"市场带来井喷式的发展机遇，给视频应用打开了崭新的窗口和广阔的前景，人们随时随地可以轻松地在线观看 4K 分辨率、高清晰度且毫无晕眩感的长短视频。据思科公司最新的视觉网络指数报告：到 2022 年，视频流量至少会比 2020 年翻一倍，视频将占所有 IP 流量（互联网流量）的 82%，预计每个成年人一天盯着大小屏幕的平均时间将达 5 个小时，其中 3~4 个小时是在搜寻、观看视频。视频市场的竞争越来越激烈，这对市级广电的视频生产提出了更高的要求。只有摄制、播出更专业、更优质的视频节目，才能在视频产业中占领一席之地。

三、直播成为常态，造成难以承受之重

2019 年 5 月，第十五届深圳文博会期间，陕西省县级融媒体中心首次采用 5G 技术，首次使用手机屏、电视屏和电子大屏同步直播周至县秦腔惠民演出，开创了县级媒体 5G 直播的先河。2019 年 10 月 1 日，央视首次采用 5G+4K 技术对国庆 70 周年大阅兵进行超高清直播，给世人带来了如临其境的体验，当天观看者数以亿计。据统计，除广电媒体以外，2019 年我国仅电商行业的直播总规模就达到 4338 亿元。2020 年以来，直播带货呈现"烈火烹油"之势，众多官方媒体、商业平台、自媒体纷纷搭台，车间、展厅、农场、果园变成直播间，网红、主持人、明星、党政官员、企业负责人踊跃上场，变身带货主播，直观地向用户解释、展示、推销产品，收到了良好的效果。2020 年 6 月 15 日，首次完全以网络形式举办的第 127 届广交会大幕开启，开幕当天，线上直播达 8000 多场次。国家商务部数据显示，本届广交会前 4 天，参展企业就举办了 8 万余场次的直播活动。当今的中国，许多土里刨食的新型职业农民也接二连三地利用直播向世界分享自家地里的"绿色"与"天然"。随着 5G 建设的推进，视频流量、速度、成本方面的瓶颈以及信息传递的空间限制被突破，越来越多的媒体着力开展现场互动直播，并且在尝试多点直播、多点互动上取得了成功；各省级卫视大举入驻抖音、快手等直播平台，带货直播将成为省、市级广电媒体特别是货源产地的地市级广电融媒体的又一"必备账号"；工信部、

国家广电总局、中央广播电视总台 2020 年还启动了超高清电视直播频道建设，以 VR、360 度全景等多元方式大大提升用户的观感体验。可以预见，在重大历史事件、重大活动报道和众多的商品推销、商业推广中，直播将会越来越多、越来越普遍，呈现出常态化、长期化、规模化的趋势。这么多、这么频繁的直播，给原本就人手捉襟见肘的地市级广电造成了空前压力，大大加重了采编人员的工作量和工作负荷，使得他们不堪重负。

四、催发高新技术，急需补足人才

5G 技术将进一步激发人工智能、云计算、大数据、VR/AR 等新兴技术融合发展，在成熟、完善的 5G 技术支撑下，虚拟场景与新闻现实可以实现无缝融合，VR 技术、AR 技术、超高清 4K 技术、超超高清 8K 技术、3D 技术融会贯通，建构起无限逼真的传播场景，用户能在立体化、多感官接收的情境中如临其境，成为新闻现场的"目击者"甚至"参与者"；随着 5G 与人工智能、大数据和云计算的深度融合，智能媒体得到快速发展，新闻的采集、生产、分发、反馈等流程都将发生革命性的改变，媒体融合进化到高级阶段。这些新兴技术及其应用，使得地市级广电急需引进、留住一批深谙 5G 技术、新兴互联网技术和媒体融合技术的人才。

五、及早精准推送尤为迫切需要

在信息大爆炸、知识呈现几何级增长、生活工作节奏大为加快的现代社会，人们无暇顾及与己关系不大的事物，传播的分众化、差异化、碎片化趋势日益加深，受众的媒介接触行为也日趋多样化，再难有一款产品适合所有世人的口味。5G 时代，地市级广电融媒体平台也需要运用大数据、人工智能技术，对受众和用户的兴趣、爱好、行为、习惯进行准确统计和深入分析，利用智能算法进行精准识别、精准画像、精准匹配，并且在一定范围内自动编辑、生产内容，自动优化分发、传输、传播的路径，然后根据不同人群的嗜好有的放矢，有针对性地给处于不同工作和生活场景的受众和用户快捷分发、精准推送他们有需求、感兴趣的产品，变"人找信息"为"信息找人"，实现千人千面的精准分发。

六、广电角色转变，亟待蝶变转型

5G改变了信息传播链条上的每一个环节，网络、终端、信息样态被"彻头彻尾"改变。在4G向5G升级的进程中，媒体领域正在发生颠覆性变革，媒体生态和媒体格局在演进重组，新闻和信息的传播形态、传播方式、传播渠道、传播手段已然重塑，地市级广电的角色和主要功能悄然发生改变，正在从单纯的政令传导者、新闻报道者、娱乐生产者、综艺搭台者向融汇"内容提供者、信息发布者、舆论引导者、生活咨询者、政务服务者、数据收储者、社会治理参与者、智慧社会建设者"于一体的综合型集成平台转变。地市级广电应当以此为起跑线和起跳板，加速转型、跨越发展。

挑战与机遇并存，困难与希望同在。以上就是地市级广电面临5G时代的主要挑战；任何一项挑战都是利弊同存，这些挑战当然也孕育着新的发展契机和空间。我们广电人应当坚定信心、振奋精神，准确识变、随机应变、主动求变，谋势而动、顺势而为、乘势而上，战胜各种挑战，全力推进广电事业和广电产业高质量发展。

且以深情共白头

——写在"飞扬996邵阳经济广播"开播之际

袁中科

邵阳经济广播直播间

"开播啦！"

2020年12月28日

一串声音在邵阳上空燃情绽放——

飞扬996邵阳经济广播正式开播

邵阳广电媒体又添新劲旅

仪式至简，收听长虹

从飞扬 928 音乐频道

更名为飞扬 996 邵阳经济广播

从发射功率 2000 瓦扩大到 5000 瓦

从覆盖直径 20 公里延伸至 50 多公里

从老旧设备更迭为数字化、智能化平台

从地推吸粉迈向"万人调频"

每一种蝶变

都是为了抵达更美好的未来！

（一）十年广播脱胎再造

10 年，3650 个日夜风华激荡

飞扬 928 音乐频道

一拨又一拨极富才情的年轻人

用心吐字、用爱播音

以"邵阳最没有压力的声音"

收获听众狂热的追捧

有梦，有爱，有音乐

更有了《莎陀陀讲新闻》等一批品牌栏目

沧海横流

尽显英雄本色

随时代赋形，与融媒同步

广电"爸比"此番豪气

斥资百万元引进全新数字化播控系统

实现全程直播和传受互动

致力构建全国地市级领先的

数字化、网络化、智能化广播平台

脱胎换骨式的蝶变

让经济广播一出生就变得风华正茂

"关注经济民生、引领品质生活"

全天 18 小时 17 档节目

强力搭载手机 APP 终端全感官推送

邵阳江北夜色

为邵阳舆论阵地注入了新元素、新活力

心亢奋、梦飞扬

新一代广播人正迎风而立

向着广播的春天进发——

（二）万人调频一路缤纷

从 FM92.8 到 FM99.6

转频宣传铺天盖地

街推吸粉、公益助学、幸运抽奖……

前后四个多月

"万人调频"的号角如天籁回响

直抵人心

粉丝用至爱与狂欢

点燃庆贺飞扬996开播的红旺焰火

苍天从不会辜负每一分努力和坚持

超10万人持续关注

12000多名车主主动调频

邵阳经广人收获了太多的大爱与感动

256名幸运听众

喜提现金与"礼品"

笑容里写满虔诚——

莫道"飞扬"遇太晚

且以"声"情共白头

（三）积能蓄势向美而"声"

正如频道的LOGO

如太阳

昨天的太阳温暖记忆

今天的太阳照亮前路

明天的太阳升腾希望

经济广播如"娇娃出世"

声声不息，满帆前行

崭新的直播间里

主持人一个个激情飞扬

用"经济资讯、消费服务、娱乐养生"三大"声音簇群"

为广大听众叩开财富、健康、快乐之门

那串"邵阳最没有压力的声音"

穿云破雾

陪你度过每一个晨昏

与时代同行，与听众同心

正式开播的飞扬 996

正积能蓄势

向美而"声"！

邵阳经济广播直播间

第二部分　践行『四力』抓『活鱼』

心有镜像，诗在远方

杨艳容[*]

当阳光镀上温暖的色调，满目皆是春季专属。

2021 年，是"十四五"的开局之年，也是巩固拓展脱贫攻坚成果与乡村振兴有效衔接的关键之年。"大风起兮云飞扬"。站在媒体融合的时代风口，邵阳广电主动作为、尽锐出战，6 组全媒体记者走基层，镜头之下，跑出了一个春天。穿越冬日冷寂，万物焕发生机，给我们带来了牛年最好的"开工礼"。

作者（左二）带队在武冈市采访

这一次，由我带队的采访小组深入武冈市、洞口县。我们关心油菜花开、油茶生长，也关心熬茶飘香、早稻育秧。

<hr />

＊ 杨艳容，女，邵阳广播电视台公共频道副总监。主创的多部作品获湖南新闻奖、湖南广播电视奖一等奖、二等奖。多次被评为邵阳广播电视台"先进个人""岗位明星""优秀共产党员"，曾获"邵阳市五一劳动奖章"。

武冈云山

三月田野"百千万"

三月好时节，春耕正当时。

想象里的画面是这样的：雨水至，春耕始，万物生，田间地头一派繁忙。作为一名深耕电视行业多年的记者，我深知现场氛围和画面的视觉冲击力能够更好地突出报道主题，于是心里不禁有了一丝隐隐的期待和兴奋。来到武冈市，与宣传部门对接后，发现实际情况是这样的：由于水稻生产主要区域基本实现了全程机械化作业，春耕生产现场人员较少。

我们决定按下"暂停键"，转战另一个现场。

此时，刚好有新的消息传来：下午武冈市市长现场调度早稻生产，相关人员要去现场，无法腾出时间接受采访。早稻生产现场调度会！对方无意中说的一句话，让我顿时眼前一亮，我立即回复道："没事，我们也跟着去现场看看吧！"

下午的采访，就这么定了。

第一站是武冈市湾头桥镇的一处农田。当我们赶到时，时任武冈市委副书记、市长唐克俭（现任武冈市委书记）正带领乡镇街道、市直有关部门负责人查看水利建设、绿肥种植等情况。我一边示意小伙伴们抓拍镜头，一边瞅准机会走上前，自报家门，说明来意，并表示想跟着大家一起去看看现场。唐市长笑呵呵地回答："你们这个走基层走得好哇，欢迎你们到田间地头来走一走！"

第二站，我们一行人来到了湾头桥镇双季稻生产万亩示范片。在这里，一台台旋耕机撒欢田野，一台无人机在武冈同行沈君华的操纵下进退自如，将"春耕图"尽收"镜"底。种粮大户刘正南流转土地1100多亩，非常关心粮食补贴的问题。为了打消他的顾虑，唐市长耐心地跟老刘讲政策、算经济账，给他吃了一颗"定心丸"。

从旋耕机作业现场、早稻集中育秧点到生产调度会会场，从农田水利建设、绿肥种植到粮食生产补贴，从种粮大户、专业合作社到职能部门，那些现场、人物、情节等，似乎早就为我们"预设"好了一样，不期而至，令人振奋。

但最打动我的，还是那些随处可见的对水稻生产的激情。

为确保粮食生产稳步推进，武冈市大力开展双季稻"百千万"示范工程：村办百亩示范片、乡镇办千亩示范片、市办万亩示范片。由于机械化程度较高，2020年武冈市获得"全国第四批率先基本实现主要农作物生产全程机械化示范县市"称号。

"要扛起政治责任，扛起粮食生产大县的政治责任。"我至今仍记得当时唐市长说这句话时的豪迈铿锵。

油菜花海"广电蓝"

去武冈市，我们本是奔着油菜花海去的。

采访之前，我无意间刷到了同事制作的抖音《武冈巨幅画作喜迎建党100周年》，由紫、黄、白、绿四种颜色构造的油菜景观图，让人一见倾心。再加上那发自灵魂深处的"哇，这是什么神仙地方呀"的配音，简直"让耳朵都能怀孕"。

虽然这些都是短视频的惯用"伎俩"，但我不得不承认，自己还是被这"套路"打动了。

好吧，来一场与油菜花有关的狂欢吧！

"2021年湖南油菜花节"即将举行。作为全省四个分会场之一，武冈将在独山大垅千亩油菜花基地举办节庆活动。来到独山大垅，我见到了与短视频里一模一样的四色花海。只不过，随着菜籽渐趋饱满，油菜花色彩已不如从前艳丽跳脱，而"巨幅画作"也只能从空中俯瞰,不少游客明明就站在"画作"的旁边,却一次次指着手机里的画面到处问:"这个地方在哪里?"每当这种时候,一股电视人的自豪感便油然而生:我们比别人有更多的机会,从不同的角度看到不同的风景……

我多想用手中的镜头,记录下这美好的一切。

看到一位摄影爱好者正在拍油菜花,我便提出做个采访,不料对方却要求先拍一下我们的摄像大哥。在他的"指挥"下,现场一下子画风突变:摄像大哥正在拍油菜花,突然抬头,微微一笑,摇手示意……接着是帅气的主持人、靓丽的女记者陆续上镜。既然要拍,那就拍个够吧!于是,在这个春光明媚的午后,我们做了一回"快乐小猪",在镜头里流连、恣意欢笑,留下了一张张特别的"全家福"。回来后,我点开这位摄影爱好者发来的链接,才知道他的网名叫"蓝豆子",标题是"油菜花节即将举行现场图片抢先看",里面有图有文有视频,内容全是"广电蓝"。

报道推出前夕,同事李梦妮特意制作了节目预告片。预告片里,有花海,有相拥,有笑脸,还配上了那抖音最火版《世间美好与你环环相扣》。

是啊,这世上有许多奇妙的"遇见",音乐、花海、同行者、擦肩而过的陌生人。

又见山花报春来

湘黔古道的山花,泼剌剌地开了。

"老村长"陈双庚当过 20 多年的村主任。他从路边折了几根绿枝,放在肩上当扁担,像"挑夫"一样从山坡上走下来。洞口县同行刘程康客串"鸟铳队老大",带着一支队伍往山坡上走。两队人马相遇,作揖、交谈,"老大"豪气地挥了一下手,示意对方先走,偏偏这时"老大"自己没忍住,笑场了……为此,这个镜头重来了三遍。当然,我们不是在拍电影,而是根据电影《古道西风》的片段,在同一个地点进行"情景再现"。

抗战题材电影《古道西风》,85% 的场景都来自洞口县宝瑶村境内的湘黔古道。

说起湘黔古道,"老村长"一脸的自豪。他说,洞口以前属武冈,唐朝诗人王昌龄曾经在此送别友人，并写下一首脍炙人口的诗。起初，我们并不以为意，仔细一看，大吃一惊。去年春天，日本捐赠给中国的一些物资上，不正写着其中的两句吗？"青山一道同云雨，明月何曾是两乡。"穿越千年时光，这首诗至今依然温暖着国人的心。疫情打破宁静，却也让人类再次照见骨子里的共情。我们，要打赢这场战斗，去拥抱每个走过严冬的春天。

此时，山里的桃花开得正艳。"老村长"说，贺龙部队曾经从这里走过，一路上能看到许多红军留下的印记。在"老村长"的述说里，那些历史的荣光像湿润的山风中飘来的淡淡芬芳，直接钻入我们的心田。走到一处山坡前，"老村长"突然停下脚步，径自上前摘起花来。我们静静地在一旁等候，生怕惊扰了这一方宁静。很快，"老村长"手上出现了一捧用绿藤扎好的山花，我笑着问："'老村长'，你摘花做什么用呀？""老村长"笑呵呵地回答："你们这么辛苦，想把花送给你们！"那一刻，我心里突然觉得很暖。

走出湘黔古道时，"老村长"悠闲地吹起口哨，手里捧着自己摘的另一束山花。

幸福"八九不离十"

幸福的味道是什么？

有人说，是"八九不离十"。在雪峰山古瑶寨——宝瑶村里，"八九不离十"指的是八个景点、客栈九朵金花、十大美食。

"古道客栈"是村里开的第一家客栈，"客栈金花"杨芳一边做熬茶，一边与我们唠家常。茶叶在铁锅里沸腾，冒着热气，"嗞嗞"作响，十多分钟后煎出浓稠而香郁的茶汁。杨芳将熬茶倒入茶杯，放进托盘，依次端给我们喝。熬茶初入口，如中药般苦涩，其后甜中有香，回味悠长，真不愧是瑶乡"咖啡"。

杨芳说，许多客人喝过熬茶之后，"恋恋"不忘。她掏出手机，给我们听了一首歌。这是省里一位退休领导来过之后，特意为熬茶而作的。"加一瓢山泉，煮开了沧桑；添几缕炊烟，熬浓了时光。"《熬茶醉》歌词优美、旋律动人。在这

洞口县宝瑶村风光

里，一整套制作"熬茶"的工具一直是姑娘们出嫁时最风光的嫁妆。作为宝瑶"八九不离十"中的十大美食之一，熬茶已被列入湖南省第四批非物质文化遗产名录。为了吸引更多客人前来旅游，村里一直想举办熬茶节，把这块金字招牌打出去。

在这里，山的味道、茶的味道、时光的味道……掺杂在一起，让人分不清哪一种是滋味，哪一种是情怀。

突然间，我想起了另一个人。

洞口"土味"汉子刘成带动当地 4 万多名群众种油茶，联营基地面积 3 万多亩。去年，他还在"世界的十字路口"——纽约时代广场打出巨幅广告，让中国茶油好好火了一把。我们见到刘成时，他正冒雨在油茶基地里忙活着，一双粗粝的大手从土地深处汲取能量。对油茶苗来说，春雨贵如油。为了抢抓时节，刘成用上了自己的"独门功夫"：用科技的手段"揠苗助长"。每天看着油茶苗"噌噌"地向上生长，想象着一树一树的油茶开花、结果，最终变成餐桌上的一滴滴珍香，那又是一种怎样的幸福感爆棚呢！

对土地的眷恋，对生活的敬畏，对上天的景仰……这是根植于中国人灵魂深处的生命观。而作为新闻记者，我们也需俯下身、沉下身、扎下根。埋头赶路时，也不要忘了抬头看一看天。

科技赋能，让生活更美好

——"新春走基层"点滴录

李 亮

春天是播种的季节，也是新闻记者深入基层抓"活鱼"的关键时节。

新春伊始，为深入践行"四力"要求，推动习近平新时代中国特色社会主义思想走深走心走实，邵阳广播电视台组织"激扬'十四五'，踏春开新局——记者走基层"全媒体集中采访活动，为受众端出一盘热腾腾的新闻大餐。作为一个老电视新闻工作者，我有幸担纲带队走基层，和自己的小伙伴们深入重点工程、重大项目现场和田间地头，感悟春天的温暖，感受科技赋能的力量。

点滴一：智能让生活更美好

邵阳经开区，邵阳十二个县市区之外单列的一个区，年轻而又活力十足，是邵阳落实"三高四新"战略的排头兵，虽然编审《邵阳新闻联播》时"天天见"，但深入现场采访今年还是头一遭。在与经开区相关人员深入交流后，我们来到了拓浦精工智能制造（邵阳）有限公司。

拓浦精工是 2017 年成立的，坐落于经开区的智能制造（工业 4.0）产业小镇，用地面积约 34 万平方米（515.8 亩），是一家向全球客户提供智能家电产品研发、制造和营销服务的企业，在广东佛山有子公司，设有电加热产品研发中心、欧美市场营销中心、亚洲市场营销中心等等。怎么样，听介绍是不是"不明觉厉"。

拓浦精工的广告词是"智能让生活更有品质"。作为承接产业梯度转移的公司,代工是一道绕不过去的"坎",正巧我们采访时他们生产线正在做MD(产品代码)电饭煲,正巧我又看到他们公司的介绍,于是乎,新闻标题《拓浦精工:智能让生活更美好》在我心中成形了。

中心思想既定,"累死"千军万马。从采访"厨电工业4.0"智能车间全自动化生产线到受表彰的先进员工,我和我的小伙伴们整整用了两天的时间来解这道题。采访过后,是精耕细作的编辑过程,如何让作品看

"走基层"记者在邵阳三一重工车间采访

起来更"高大上",我们又用了两天。采访中,拓浦精工智能制造中心副总监章新主说:"未来三年,我们有信心把公司做上市。"新闻稿《拓浦精工:美好生活从智能开始》发出后,章总开玩笑说:"你们探了我太多的秘密,上市的过程不能让你们参与了,不过还是谢谢你们,让更多人知道了'高端智能邵阳造'。"

"生产忙、发货忙、调试忙",是拓浦精工的"忙",他们"忙"而有序,"忙"而有利;"采访累、写作累、编辑累",是电视记者的"累",我们"累"而有获,"累"而快乐。

点滴二:种苗专家"赋能"乡村振兴

春天的邵阳大地,万物皆醒。

在大祥区罗市镇面铺村玉竹基地,邵阳市农业科学研究院生物技术中心中药材硕士吴勇仔细地查看了湘玉竹的根系生长情况,他的研究方向是湘玉竹的培育和增收。湘玉竹是我市道地中药材,被列入"湘九味"中药材品种。这些年,湘玉竹种

植户种质辨别不清、栽培方式方法不科学、销售渠道单一造成了市场份额占比不高的现状。吴勇看在眼里，痛在心里。

在大祥区檀江乡台上村菌菇种植基地，邵阳市农业科学研究院专家沈欣承与基地负责人刘建国正在交流菌棒替代后菌菇生长情况。沈欣承正在研究将玉米秸秆等替代物作为培养基，解决菌菇种植菌棒成本过高的问题，以实现农业生态可持续发展。

如何为种植户"传方送经"，以科技赋能乡村振兴？我心中的农科院还是"孙小武"时代的记忆，当时孙小武他们的小果型无籽西瓜选育成功，填补了国内小果型无籽西瓜品种的空白，可是大大地火了一把。这些年，没想到长江后浪推前浪，邵阳农科院先后选育了水稻、柑橘等60多个品种，获得国家、省部级及市级科技成果奖40余项，推广了园艺作物测土配方施肥技术、高山娃娃菜有机栽培技术等一系列先进技术100余项。在宝庆大地，他们是真正的"科研天团"。

"我们作为农业科研人员，要响应湖南的'三高四新'战略，就一定要把种子留在自己手里，把饭碗端在自己手里。"邵阳市农业科学研究院加工所所长张礼红的这句话说得真棒，既切题又高端，让我记忆深刻。

点滴三：创新才能赢

习近平总书记强调，要发挥创新驱动作用，推动产业向高端化、绿色化、智能化、融合化方向发展。

"新春走基层"是各级宣传系统一直提倡的、各个媒体大力推行的新闻实践活动，也是百花齐放、百家争鸣的演练场，如何做好这篇文章，对我们而言，是创新的再出发。

一是要有融媒体战略思维。随着国家"互联网+"战略的实施，加之大数据、人工智能、区块链等新技术层出不穷，这些新技术又在不断地冲击和变革着新闻传播方式。地市级传统媒体正处在一个全新的转型期。新闻事业有了科技的支撑，传播的方式和效果都将发生巨大的变化。在推出《科研专家"传方送经"，种苗"赋能"

乡村振兴》这一专题前,我们先行推出视频号《邵阳农业科研天团来了》,为科技专家们点赞,也为当晚播出的《邵阳新闻联播》节目"狠狠"地吸了一波粉。

二是要有技术强台意识。科技是国之利器,国家赖之以强,企业赖之以赢,人民生活赖之以好,电视台赖之以生存,融媒体传播方式更是赖之以实现。加快技术强台步伐,推动互联网、大数据、人工智能和新闻实战深度融合,才能形成新闻事业发展新动能。可惜的是,这次我们采访的"家伙"不够强,这也是新春走基层技术支撑不足带来的遗憾。

新闻,常常是让人遗憾的事业。在这个春节之前,我住了 8 天院,打了 128 个小时的点滴,遗憾的是没有提出策划并执行新春走基层活动,缺失了最佳切入节点;春节之后,我带队重新出发,下基层搞了 8 天新闻,新闻作业时间只有 64 小时,新闻作品细节的打磨时间不够、新闻采访的现场镜头不足。

新闻又是让人惦记的事业,新闻作品是易碎品,但好在记者是船头的瞭望者,是时代的见证者,为了更美好的生活,再一次为小伙伴们点赞、加油。

邵阳经济开发区现代化厂房一角

春天的芭蕾

谢　晖 *

有一种炫美叫芭蕾舞，学得很苦，但舞姿优雅、高贵。

谢　晖

有一种感动叫走基层，跑得很累，但报道鲜活、动人。

2021年春天，一个不寻常的春天，邵阳广播电视台全媒体记者兵分六路奔赴12个县市区，在大山深处、在田间地头、在工厂车间、在街头巷尾，跳起了一支支春天的芭蕾。

贴近现场，报道就有温度

新闻报道一定是要有温度的，这温度就来自奋进的时代、奋斗的现场。

广电全媒体记者不断增强脚力，走进基层，靠现场越来越近，跟群众越来越亲，不断提升眼力，发现生动的画面、感人的故事，让人民群众成为主角，让生动实践成为标配，大大增强了宣传报道的吸引力、感染力和亲和力。

* 谢晖，男，主任记者，融媒体新闻中心副总监（正科级），湖南省第十三届人大代表，获评邵阳市"十佳新闻工作者"、邵阳市直机关工委优秀共产党员，被邵阳市人民政府授予二等功一次。主创的《温情拆迁破解城市建设难题》《又见当年鱼水情——邵阳市推进群众工作纪实》等作品获湖南新闻奖一等奖。

报道《新宁县：脐橙逆袭热销 果农从"吃睡不香"到"跳舞带劲"》中，新宁县黄龙镇果农们看到脐橙一车车出了村，脸上露出了久违的笑容。果农李仲梅说，以前脐橙卖不出去，大家都不跳广场舞了，现在脐橙全部卖出去了，大家都高兴起来了，"跳舞又带劲了"。

报道《科研专家"传方送经"，种苗"赋能"乡村振兴》中，大祥区罗市镇面铺村种植户刘建国在农技专家帮助下，成为懂技术、会经营的新型农民。对着镜头，刘建国对做大做强农业、推动乡村振兴充满信心，他说，通过运用农科院的技术，把原来复杂的生产环境变为简易的生产方法，节约了大量的时间。

报道《绥宁：模式升级，劳务经纪人助推高质量就业》中，劳务经纪人曾秋桃忙着走村串户，帮助贫困村民找工作。村民肖主凤满脸幸福，她说，劳务经纪人介绍的工作两千多一个月，时间也不是很长，她很满意。

走心策划，报道就能感人

不是每一句解说都绕梁三日，不是每一帧画面都吸引眼球，不是每一段同期声都直抵人心，但报道的好主题、正灵魂，会让人耳目一新、感同身受，提神鼓劲、

新宁县崀山风光

催人奋进。这好的主题，来自广电走心的组织，来自广电全媒体记者走心的策划。

平凡中发现伟大，细微处凸显神奇。广电全媒体记者们不仅拼脚力眼力，更比"脑力"，走心策划，通过一个个小人物演绎大传奇，通过一个个小故事升华大主题。

报道《邵阳消防：时刻备战逆行　守护人民平安》中，通过一个个精心策划的场景，广电全媒体记者体验了消防战士日复一日的刻苦训练，见证了消防战士一次次与危险搏击、与时间赛跑的非常时刻，展示了消防战士的无私无畏和使命担当。

报道《雪峰古瑶寨：绽放"最美"的幸福》中，在洞口县罗溪瑶族乡宝瑶村，广电全媒体记者住特色农舍、喝瑶家熬茶、游湘黔古道、赏雪峰风光，体会大时代背景下的"宝瑶之美"，昭示雪峰古寨从这个春天出发，迎接乡村振兴的又一个春天。

报道《新邵：白水洞外有新村》中，在新邵县严塘镇白水洞村，广电全媒体记者品味农韵、寻找乡愁、感受自然，分享乡村旅游"致富经"，描绘了乡亲们红红火火的日子。

创新表达，报道就更精彩

电视的魅力在于声画，电视记者的笔力不仅包括过硬的文字功夫，还包括精湛的图像编辑功夫。广电全媒体记者们创新表达，让报道多了生气、灵气，提升了感染力、吸引力。

报道《拓浦精工：美好生活从智能开始》文风朴实、句式精短，"大件物料天上走""小件物料地上跑""生产忙、发货忙、调试忙"等高度概括的语言鲜活灵动，让人印象深刻。后期编辑大量运用了延时镜头、航拍镜头、特效画面、三维动画等专业技术手段，大大增强了画面的表现力，展示了拓浦精工（企业）"厨电工业4.0"智能车间的现代气派，抒写了"三高四新"战略的邵阳篇章，提振了加快推进产业兴邵、高质量建成"二中心一枢纽"的信心。

报道《"超级农民"王化永：冲刺亩产1200公斤向建党百年献礼》配发了采访手记《带着梦想前行》，提升了主题：每一个有梦想的人都了不起！请相信，心中有梦想，脚下就会有力量。只要怀揣初心、逐梦前行，就没有到达不了的远方！

全媒发声，报道就会传开

近 40 号人马，来自广播、电视、报纸、新媒体，他们在这个春暖花开的日子，凤凰涅槃、融合蜕变为全媒体记者，他们采制 20 多篇新闻专题报道，在《邵阳新闻联播》、邵阳传媒网、"爱上邵阳"客户端、《邵阳城市报》、微信、微博、抖音、视频号等媒体平台播出，全网刷屏。

大屏小屏时时飘荡着"邵阳红"，网上网下处处活跃着"广电蓝"，这个春天的芭蕾很美，邵阳广电人正用心用情，扭动着全媒时代的灵动舞姿！

坚守的力量

卿玉军*

一个人的坚守，是一束前行的光

一群人的坚守，是一团洪荒的火

一个时代的坚守，是圆梦与新的希望

——题记

卿玉军

时光总是在不经意间斗转星移，再次回到新闻战线时，已是几度春秋。当年，刚进单位时，在新闻综合频道《邵阳晚间新闻》当记者，怀揣着滚烫的新闻理想走街串巷、入村进寨，四处奔忙，为民排忧，报道真相。《邵阳晚间新闻》三周年时，我们的采访对象，来自新邵的民间音乐人谭政文为栏目写了一首主题曲《我伴你左右》，这首歌由我们自己栏目的记者、主持人一起联唱，朴实的歌词、优美的旋律，始终激励着我们这群新闻人永远在路上。后来，因工作需要，我从新闻转岗活动策划与经营创收，也偶尔参与一些大型新闻采访

* 卿玉军，男，现任邵阳广播电视台综合广播（交通频道）副总监。主创的作品多次荣获湖南广播电视奖，其中电视社教专题《我的山歌我的年》、电视评论《素质教育何时走出误区》均荣获湖南广播电视奖一等奖。2019 年、2020 年连续两年被评为邵阳广播电视台"先进工作者"。

活动，以慰平生之念。而此行经年，一路风尘，感慨万千。今年初，我回到了熟悉的新闻岗位，而且一开始就参加了邵阳广电全媒体记者新春走基层大型专题报道"激扬'十四五'，踏春开新局"，内心深处不免有些激动。我所在的组走基层的区域是"三区"。2003年的时候，三区特别是农村，是我刚从事新闻工作时行走最多的地方，我依旧清晰地记得，下雨天到村里去采访时因道路泥泞采访车打滑，请当地群众一起帮忙推车之事时有发生，采访回来鞋裤沾满泥土也是常态。那个时候，村里的基础设施并不健全，老百姓的生活并不富足，但是我们每到一处，都会感受到一种坚守的力量。这坚守，是个人的，是群体的，是社会的；这坚守，是对生活的热爱，是对希望的期盼，是对梦想的奋斗。正是这种坚守的持续发力，若干年后的今天，有了山乡巨变，有了日月新天，有了美丽幸福。

坚守，迈向新生活

　　阳光、和风、草莓，还有泥土的芬芳气息，这是大祥区板桥乡召伯村初春的"关键词"，100多亩草莓大棚也是这个村的独特风景。在大棚的掩映下，草莓种植户游小红带着白色的礼帽，略显时尚，为自驾前来采草莓的游客们忙前忙后，脸上笑靥如花。10年前，召伯村的草莓已经小有名气，那时候，游小红作为一位家庭主妇在村里的草莓基地务工。我们当时也在做产业发展的报道，要采访在家门口就业的村民代表，村里就推荐了游小红。接受采访时，她说了五六遍才把一句话说利索，而当初她也私下向我们透露，自己在草莓基地或许做不长久，因为她已经习惯了相夫教子。虽然我们并不清楚这十多年来，游小红经历了怎样的心路历程，但是她从当初的务工者蜕变成草莓种植大户，年入几十万，不得不让人刮目相看。而她再次面对我们的镜头时，已是从容淡定，娓娓道来，这是来自岁月的沉淀，是新生活给了她不一样的底气，更是她作为奋斗者最美的注脚。

大祥区现代农业一角

坚守，闯出新路子

说到茶花，自然会想到云南大理。或许，你会惊艳于离大理千里之外，还有一座规模上千亩的茶花公园，多年养在深闺，正声名鹊起。

茶花公园雄踞于板桥乡蔡家村，是市级龙头企业农业示范园。茶花公园除了茶花，还有桂花、紫薇、桃花等多个品种，以及香樟、罗汉松、红叶石楠等一批常规绿化苗木和大型苗木。

"打虎亲兄弟，上阵父子兵。"茶花公园的负责人杨新生属于"创二代"，他当初接手茶花公园时，已经不满足于父辈打下的"江山"。杨新生视界更开阔，思维更活跃，路子更前沿，多年来只经营花卉苗木过于单一，打造集花卉苗木培育销售、休闲观光、生态旅游为一体的田园综合体项目，才能更好地引领当地村民增收和助力乡村振兴。

"十年磨一园"，在杨新生的苦心经营下，茶花公园的 1500 亩苗木和 1000 亩"景观花海"基本建成，已成为当地的"网红"景点。同时，当地已经有 100 多名

村民在茶花公园就业，20 多家农户以土地等方式参股分红，杨新生当初"种一片花木、美一带乡村、富一方百姓"的理想正逐一照进现实。而他更大的梦想——与当地 800 户以上的村民共享茶花公园的秀美风光，也在酝酿当中。

坚守，爱在希望里

老吾老以及人之老，幼吾幼以及人之幼。

谢君，北塔区九江社区妇联主席、国家二级心理咨询师，在老幼之间，她一直用声音传递温暖。谢君同时作为几个县区留守儿童关爱项目的负责人，几乎所有的精力都在志愿服务上，把别人的孩子当成自己的孩子，甚至有时候会比自己的孩子花更多的心思，谢君俨然成为越来越多孩子的妈妈。显然，这样的妈妈是颇具挑战性的。在她帮扶的众多孩子当中，一个名叫天天的男孩让她付出太多的心血。天天母亲因病去世时，他还只有两岁，从那以后天天就基本上不与人交流，内心日益闭塞。天天的心理问题引起了谢君的注意，在了解天天家里的基本情况后，她一连好几个星期来回往返在城乡之间。一次偶然的机会，谢君发现，天天坐在自家的鸡窝旁，呆呆地看着母鸡带着一群小鸡在玩耍，正是这个场景，谢君知道了该如何打开孩子的心结。

陪伴、关爱是治愈心病的良药，谢君领着爱心队，在近 7 个月的时间内，为天天洗衣、陪读、剪发。春风化雨，润物有声，天天终于从内心深处的"死角"走了出来，从阴雨走到艳阳，重新走进了属于他应有的七彩童年。谢君从事志愿服务已经有五个年头，对于留守"大家庭"，她依然接续用爱在坚守，因为每一份坚守都会有新的希望！

坚守，梦在更前方

历史的江河奔腾不息，于冲波逆折处更显壮丽。走过不平凡的过往，面对火热的年代，我们在不同的人生坐标上依然坚守着，你也许刚披荆斩棘，正荷锄暮归；你也许在传递暖阳，正融化冰霜；你也许已起帆远航，正迎风破浪。无论在什么地方坚守，都会有一种力量，从黄沙弥漫的历史中走来，在青春的晨曦里放射着光芒。让我们用光阴的镜头记录，用岁月的荧屏绽放，用时代的声音传播。坚守的力量，正托起未来的梦想！

记者"走"下去,"活鱼"捞上来

彭晓兵 *

　　全媒体联动开展的"激扬'十四五',踏春开新局"大型新闻行动正在如火如荼地进行。我在公共频道采编例会上,多次强调,记者特别是刚入职的年轻记者,一定要带着责任、带着感情,"走"到基层去,只有深入基层、深入百姓生活,才能运用满含深情的笔触去捕捉生活最前线的鲜活细节,才能结合基层发展的点滴变化,写出既有鲜明特色,又有时代体温的稿子来。"问渠那得清如许,为有源头活水来",一颗种子唯有深植泥土,才能生根发芽;一名记者,只有真正扎根基层,才能获得成长的不竭动力,才能让自己笔下多一些泥土的芬芳,多一些充满生命力的"活鱼"。

彭晓兵

　　新闻工作是一项实践性很强的工作,缺乏对社会的基本了解的人是无法做一名优秀的新闻工作者的。作为一名记者,其新闻报道内容必须贴近实际、贴近百姓、贴近生活。"涉浅水者得鱼虾,涉深水者得蛟龙。"实践出真知,记者只有投身于火热的社会实践中,才能够写出有温度、有深度的报道。2021年"中央一号文件"

* 彭晓兵,男,湖南省作协会员,现任邵阳广播电视台公共频道总监。曾任邵阳城市报社副社长,其文章曾被《青年文摘》转载,2004年出版《走近邵阳首席检察官》文集。

提出全面推进乡村振兴，"乡村振兴"肯定是"时度效"兼备的好题材，记者深入基层，了解到邵阳县下花桥镇推进农业产业化助力乡村振兴的典型案例，推出了《邵阳县下花桥镇：农业产业化助力乡村振兴》的报道，紧扣时政热点，展现记者的新闻敏锐性。

作为新时代的见证者和记录者，我们需要深入推进马克思主义新闻观教育，弘扬新闻工作优良传统，更好地践行"四向四做"，通过深入了解社情民意、体验生活，学会用群众的视角去观察问题，用群众的语言去表达生活，用群众的热情去感悟生命。只有俯下身、沉下心，多来到乡野之间，看看美丽农村的新变化，才能让自己的文风更添一些扑面而来的清新之气。《隆回：村级代办服务全覆盖 群众"足不出村"办好事》一稿，记者深入群众，深入生活，捕捉到了现场的鲜活画面，文风显得自然清新，堪称下基层的"好稿"。

客观来讲，现在科技发达了，网络拉近了人与人之间的距离，同时也淡漠了人际关系，网络给受众提供了丰富多彩的文化信息，使得"秀才不出门，能知天下事"，但同时也让信息变得真假难辨。在这样的纷繁复杂的信息世界里，身处新闻事件第一

"走基层"记者在洞口县宝瑶村采访

线的记者就显得格外重要，我们既是信息的传达者，也是群众的发声者。让社会听到基层百姓的心声，是记者"走基层"的主要任务，记者只有做到了真正的知民情、了民意，才能真实反映出人民群众的愿望和期待，使其报道起到舆论导向和服务于百姓的正向作用。在走基层的道路上，记者要善于抓取当地鲜活生动的素材、百姓感兴趣的话题，通过报道向社会呈现当地党和政府关心群众、保障改善民生的具体实践，以及人民群众立足岗位、无私奉献的感人故事。

群众是真正的语言大师，只有深入一线、走进群众，才能感悟生活的真谛；只有放下自我、深入基层，才能体现自我的价值；只有沉下身子、深入群众，才能了解民众所需。走基层活动，为新闻工作者深入群众生活搭建了一个平台。每次记者走基层的时间并不长，我们只能试图更接近他们的生活，体会他们的工作，倾听他们的感受。只有真正地"走"下去，踏踏实实地"沉"下来，才能发现很多以往没有看到或者被忽视的细节，有了细节，就有了故事的真实性、鲜活性和典型性，才能称得上是"活鱼"。记者在武冈市采访旅游节时，一群志愿者引起了记者的注意，经深入了解，这群"善星小集"的志愿者，充满了正能量，他们收集并实现"微心愿"480余个，提供志愿服务项目1500余个，帮助销售农产品1800余万元，接受社会爱心捐赠2300余万元，共惠及困难群众2.68万户、91616人。记者进一步挖掘了大量的感人故事和细节，《武冈："善星小集"凝聚大爱助推乡村振兴》一稿推出后，因故事性强、现场感强而深受好评。

记者"走"下去，"活鱼"捞上来。记者走基层，不仅要身在基层，更要"心"在基层、"眼"在基层。

让"联播"的"时代温度"更多一些

周玉飞 *

　　从 2 月下旬开始，我们陆续收到社会各界很多反馈，说《邵阳新闻联播》变得更温暖了。之所以得到如此肯定的评价，我想，是因为近期我们推出了更多"沾泥土""带露珠""冒热气"的新闻作品。

周玉飞

　　2021 年春天，我们再一次启动"记者走基层"系列采访活动。在台党委、台总编室的统一部署和安排下，记者们进厂房、走田坎、访社区、入农家，深入基层一线，从社会实践的丰厚土壤中，感受发展脉动，讲好邵阳故事，做出有温度的新闻产品。在拓浦精工和圣菲达公司，我们沉下心，仔细挖掘企业提质升级、改革创新举措，为邵阳市实施"三高四新"战略，争做内陆地区改革开放高地排头兵营造了良好的舆论氛围；在白新高速项目建设工地，我们用镜头，记录了建设者们攻坚克难的身影、见证了邵阳加快项目建设和推进乡村振兴的信心和决心；在绥宁杂交水稻制种基地，我们与农户促膝欢谈，感受他们的喜悦、触摸他们的情感；在洞口雪峰古瑶寨，我们与老乡一起走过湘黔古道、一起聆听他们对幸福生活的憧憬。"等我们的企业真

＊　周玉飞，男，2001 年进入邵阳广播电视台，历任公共频道、经济旅游频道新闻部主任，现任融媒体新闻中心支部委员兼新闻采访部部长。数十件作品荣获湖南新闻奖、湖南广播电视奖，其中《邵东小五金：三分天下有其一》《我们这五年》等作品分获一等奖、特别奖；多次被评为邵阳市"优秀新闻工作者"。

正做大做强了，你们再来报道一回。""高速通车了，我们一定再请你们来一次。""记者朋友们，什么时候再来我们村寨走走。"在采访结束后，很多被采访对象都会对我们的记者这样说。这些话语让我很感动，同时我也觉得这是一个提醒，说明我们走基层走得还不够，我们"沾泥土""带露珠""冒热气"的新闻作品太少，我们《邵阳新闻联播》栏目的温度太低。

随着移动互联网的发展，电视新闻也正在走上媒体融合的道路。目前，一般的市县级媒体融合还处在平台融合的初级阶段。而对于纯粹的节目生产者来说，无论新闻产品的传播平台有什么变化，无论节目内容的创作形式有什么创新，"温度为先、内容为王"的理念是永恒不变的。如今，在微视频、抖音等新闻产品爆棚的时代，尽管我们能够获取"一眼看尽长安花"的传送信息，能够感受"千里江陵一日还"的阅读快感，但若这些产品没有温度，虽能迈得进受众的门槛，却走不进群众的心坎。

邵阳新闻联播

有专家说，社会责任是传播有"温度"新闻的基础，主流价值是呈现有"温度"新闻的方向，百姓视角就是传递有"温度"新闻的路径。那么，社会责任、主流价值、百姓视角将是《邵阳新闻联播》今后努力的方向。对于我们这一代的新闻工作者而言，我们会始终记得——在路上心里才有时代、在基层心里才有群众、在现场心里才有感动。我们腿上的泥土、身上的灰尘就是受众心里的温度。

习近平总书记强调，新闻舆论工作者要转作风改文风，俯下身、沉下心，察实情、说实话、动真情，努力推出有思想、有温度、有品质的作品。沿着正确的方向，我们将在常态化的"记者走基层"工作实践中，让新闻作品更有"时代温度"，让《邵阳新闻联播》更有"时代温度"。

在春天里寻找"诗和远方"

周超群 *

春天，蕴藏着每一个人的"诗和远方"。

2月中下旬，我所在的"激扬'十四五'，踏春开新局"采访组一行6人，深

入邵阳经开区拓浦精工、圣菲达，邵阳农科院，邵东两市塘、廉桥镇、仙槎桥镇等地，到城镇乡村、企业、科研院所，感受着基层的火热生产生活，体验着基层群众的欢乐和期盼，更深刻地体会到作为一名新闻工作者的责任与使命，也努力寻找着属于新闻工作者的"诗和远方"。

作者（左三）在基层采访

走基层，感受的是变化

伴着浓浓的年味，记者一路感受基层经济社会发展新貌，感受基层文化的丰富多彩。过去脑海中的世情、国情、民情由抽象的概念化为鲜活的场景和血肉丰满的人物。

* 周超群，男，邵阳广播电视台融合发展部副主任，曾参与湖南卫视《看得见的变化》邵阳篇采编工作。每年均有多件作品在中央电视台、湖南卫视等平台播出；先后被评为湖南卫视"优秀通联记者"、邵阳外宣"先进个人"、"邵阳好人"等；多件作品荣获湖南新闻奖，湖南广播电视新闻奖一、二、三等奖。

武冈云山风光

"我们也希望积极发挥我们龙头企业的一个引领号召作用，吸引更多的上下游产业链的配套供应商跟客商回归我们的家乡，来一起创业，一起将家乡的实体经济建设做得更好。"湖南圣菲达服饰有限公司总经理樊祺，2016年响应市委、市政府"引老乡、回故乡、建家乡"号召，回到邵阳发展。扎根邵阳五年来，公司人员从寥寥数人发展到近500人，产品远销海内外，全力助推邵阳市时尚用品产业链条建设。在该公司生产车间，记者用镜头全程记录了职工们忙碌赶制订单的认真劲头。记录了90后樊祺对于在邵阳发展的高涨热情，也真真实实感受到招商引资让一张张蓝图变成现实，成长为经济发展的强大引擎。

在邵东两市塘文化社区，城镇老旧小区改造从"政府改、居民看"变为居民全程参与、共谋共建共管共评共享，使小区旧貌换新颜，既满足了人民群众美好生活需要，又增强了老百姓的幸福感获得感。基层党员干部通过一次次的座谈、一次次恳谈、一次次走访，把民情变为每一改造管理的良策，小区300多户居民迎来了新家园，消防通道畅通了，新增车位也让车辆停得井然有序。人居环境越来越好，老百姓的幸福感安全感不断提升，老旧小区焕发生机。在这里，我们看到政府的支持和群众的热情，激发了居民对美好生活的向往。

"改造算可以，我们还是满足。""我们很满意。"这是我们在老旧小区改造采访中听到最多的评价。"三分改、七分管",改造后的小区,依旧会延续改造时座谈走访的形式,融入更多民情民意,巩固好改造成果。

周围看似平常的小事,无不显示着一种力量,这种力量蕴藏在基层群众之中,催生出多彩多姿的生活。这一切,给我们带来了未曾体验过的震撼和感动。

走基层,聆听的是期盼

在与基层群众的真诚交流中,我们感受到了欢乐和信心,同时也了解到许多期盼和要求。

采访中,在湖南宁庆航空航天智能装备有限公司,仙槎桥镇党委书记宁效龙与公司负责人申小明探讨,如何加大对五金产业小镇转型升级助力,提高五金产品品质。因此,如何"私人订制"助力传统五金企业,成了仙槎桥镇党委书记宁效龙工作之余经常思考的问题。

在二十世纪八九十年代,邵东廉桥镇太阳村是全国出名的"眼镜村"。眼镜产业集体搬迁,让村里顿时萧条了下来。在村支部书记熊寿宏的推动下,太阳村发展蔬菜产业、中药材种植业,成功摘掉了"眼镜村"的"帽子",正围绕特色药材生产做产业,打造廉桥的"后花园"。在太阳村,我们明显感到乡村振兴搞得红红火火,但中坚力量都是"上了年纪的人",如何留住更多人才、壮大乡村经济、助力乡村振兴,是村支部书记熊寿宏一直思索的问题。

期盼就是发展的动力,也是新闻工作者需要关注和反映的重要方面,我们深感肩上的责任很重。

走基层,收获的是成长

"我跟你说话紧张!"在廉桥镇太阳村大棚蔬菜基地,面对主持人的提问和电视镜头,廉桥镇农业综合服务中心主任刘立军显得很紧张。采访结束后,刘立军跟我们说太阳村的发展规划如数家珍，并反复说："今年丰收季，你还来不？"回想其期间与刘立军在大棚蔬菜、药材基地拍摄和交流美丽乡村建设给农民带来实惠的经历，记者更深切地懂得了，只有走进基层，了解基层群众的酸甜苦辣，反映他们的愿望和要求，才能真正成为他们的贴心人、知心人。

在大祥区罗市镇面铺村玉竹基地，记者冒着严寒采访，一站就是三四个小时，手指冻得不能自由弯曲，但感觉特别亢奋，灵感特别多。蜿蜒曲折的乡间小路、邵东老旧小区热闹的改造座谈会现场、邵阳农业科学研究院技术天团的指导现场，都变成了新闻报道的源泉。

随着邵东、邵阳经开区的报道相继推出，报道组收到了邵阳经开区党工委书记袁胜良、邵阳农业科学研究院张礼红、邵东廉桥镇党委书记申战云、邵东仙槎桥镇党委书记宁效龙等人的点赞。张礼红还在朋友圈里分享邵阳广播电视台采访组的工作，"今天为邵阳广播电视台的报道赞一个！"回想起为了采访科研团队，我从上午一直追问到晚上10点，然后不厌其烦地校稿打磨，这一切都是值得的。金奖银奖，不如老百姓的夸奖。作为记者，只有真实反映基层群众的火热生活，写出可读、耐读的作品，才对得起人民的嘱托和时代的期望。

采访组还从采访的线索中敏锐地捕捉到了一些不错的选题，并及时推送给湖南卫视、湖南经视，我所在的小组在湖南卫视发稿4条，这也算是"走基层"的另一种收获吧。

感受变化、聆听期盼、收获成长，这次融媒体新闻行动，我们每个人都在用自己的方式，触摸着"诗与远方"。

躬行大地，记录新时代

刘艳美*

以往，很多人离开村庄，涌入城市。对这些"北漂""沪漂""广漂"等人来说，家乡的小山村，反而成了诗与远方。

如今，乡村的魅力正在释放，广阔的田野机会无限，吸引城市各方面的人才到农村创业创新，参与乡村振兴和现代农业建设。记者在"激扬'十四五'，踏春开新局"走基层采访中深切感受到，对他们来说，回到农村，不是"逃离"，而是关乎情怀。

——题记

刘艳美

在我的记忆中，夕阳下缓缓回家的耕牛是最忠实的伙伴；田野里湿漉漉的青草地，总有一股浓厚的芬芳扑鼻而来。大地是人类的根系，脚踩在厚实的大地上，沉稳、踏实。

因为属于在乡村长大的孩子，对脚下的这片土地爱得深沉，所以我在采访中，一直在

* 刘艳美，女，邵阳广播电视台经济广播党支部书记。从事新闻工作以来，多次获得湖南新闻奖、湖南广播电视奖一等奖，并获中国新闻奖二等奖。获奖作品涵盖消息、新闻专题、新闻专栏、系列（连续）报道、新闻论文等五大类。

寻觅乡村振兴题材，想通过发掘广袤乡村中的新能量，汇聚更广泛的力量，进而留得住乡村能人，守得住乡愁，留得住我们的根系。

满山油茶青翠，"绿色银行"富民

邵阳县油茶种植大户周根生，是一位年过五旬的乡村能人，开荒拓土、流转荒山，将长满茅草的荒山种满了油茶。八年前，油茶林未挂果时，我曾采访过他。当时，他的语气上扬，满是憧憬："小刘啊，再过几年，等油茶全挂果了，乡村们的腰包就会鼓起来咯！"

牧　归

近些年，他将全部心思倾注在这一万多亩油茶林里，油茶挂果后，乡亲们的日子一天天红火起来。他将五成的收益给了村民，自己还要承担乡亲们做工的工资、油茶林的管养费用，是村里出名的"好人"。他将水泥马路修到了村落里，还管着村民们的"钱袋子"——很多村民不再外出务工，在油茶林做事，就能得到不错的收入。

周根生将根深深扎入这片生他养他的土地，造福一方村民。我在记者手记中写道：

你是贫瘠土地里的战士

与黄土地上佝偻的叔伯一样

不惧烈日、不畏风雨

用最朴实的汗水挖刨大地的希望

静静地培育果实、装点日子

提上一桶你的茶籽油

醉人的香味和欢笑便一路相随

"功德银行"存善举，乡村治理聚人心

在新邵县潭溪镇玄本村，山林起火了，村民们一呼百应，纷纷跑上山头救火；村里有喜事，村民们自发进行交通引流；疫情防控时，有村民上门量体温；甚至谁家放养的鸡鸭影响了环境卫生，也有村民劝导将鸡鸭圈养起来。

作者（右四）在新邵县玄本村采访

这些善举，缘于村里有了"功德银行"。这个特殊的银行，将乡亲们的一桩桩善举储存下来，铭记村民为村庄建设作出的贡献。村民做过的好事都会记录在"功德银行"账本上，在一定时间内，"功德银行"计算村民的积分情况，对排名靠前的村民进行奖励，并在全村进行通报表扬。一些村民看到自己的积分与其他村民的差距，主动提出要为村里多做好事谋发展。在村里，人人做好事、个个争积分，出现了人人遵纪守法、邻里和睦、环境优美的可喜局面。

乡村治理并非需要挂在墙壁上的村规民约，乡村文明也并不一定是一排排小洋

楼，根植在村民心里的向善之意才是乡村最美的风景。有感于该村"功德银行"的创新之举，我写下采访手记：

　　行小善，积大爱！

　　功德银行小小积分本

　　记录的全是村民生活幸福的点点滴滴

　　这家不存钱的银行

　　存放了代代相传的积德行善之举

　　这股乡村文明之风将吹遍新时代的每个角落

　　向善向上的风气将根植每一个村民的心中

搬进风景中，住在幸福里

新邵县的龙脊山贫瘠又荒凉，海拔高。几年前，居住在山顶的200多户村民大多是贫困户，他们到山脚下赶集买生活用品得凌晨四五点钟起床，一来一回得花上

新邵县白水洞村易地扶贫安置点

一整天工夫。生活的困顿困住了人心，囿于一方天地的贫困村民解不了贫困之结，直到易地扶贫搬迁政策的来临。

搬出大山，搬离贫困，搬进幸福。临近白水洞景区的白水洞村，是龙脊山村民的易地扶贫搬迁集中安置点。在白水洞村，"搬家"是很多村民人生的"分水岭"：往前，贫穷、愁苦；往后，踏实、幸福。这里共安置了严塘镇白水洞和龙脊两个重点贫困村的126户409名建档立卡贫困人口。白水洞村依托便利的交通，紧邻白水洞景区的天然优势，大力发展乡村游、生态游，优质的资源增强了村民们发展产业的信心，群众的获得感和幸福感日益增强。

看着村民们搬进风景中，住在幸福里，我挥笔写就了如下记者手记：

曾经住房差、吃水难、上学难、就医难，易地扶贫搬迁集中安置点——新邵县严塘镇白水洞村，挪穷窝、换新居，改变了一方水土养不起一方人的状况。如今，我们看到村民眼里有光，那光，来自党的好政策，来自他们用双手创造的财富。

乡村振兴里每一个人，看似平凡，实则坚韧。很多人都说故土难离，故土里有味蕾的记忆，有亲切的乡音，有长辈们厚重的期盼，故土里有爱、有温暖，值得我们每一个人去记录、去热爱。

愿乡村在新时代的变迁中，秀丽、温暖又生机勃勃！

践行"四力"的大检阅

高　扬[*]

群众在哪里，基层就在哪里，新时代的邵阳故事就在哪里。

最能感受新春的气息，莫过于广袤大地；最能触摸时代的脉动，莫过于基层一线。今年是中国共产党成立 100 周年，也是"十四五"规划和全面建设社会主义现代化国家新征程的开局之年。为积极响应邵阳广播电视台编委会部署的"激扬'十四五'，踏春开新局"大型走基层主题采访活动，邵阳城市报社高度重视，迅速动员，精心策划，周密部署，除抽调精兵强将参与台里的统一采访行动外，还动员报社

高　扬（左一）在采访社区居民

全体采编人员新春再出发，进社区、访农家、入企业，在深入基层中练就强劲脚力，在洞察生活中练就敏锐眼力，在勤学深思中练就过硬脑力，在书写时代中练就不凡笔力，在新闻现场触摸新时代的脉搏，用聚焦民生的镜头，撷取最鲜活的素材、发掘最真诚的故事、抒发最美好的情感，采写更多"沾泥土、带露珠、冒热气"的新

* 高扬，男，记者，现任邵阳城市报社党支部书记。采写的《"866"舆论监督台出台的前前后后》获中国广播电视奖报刊奖二等奖，参与创作的第二届"邵阳光荣人物"颁奖典礼和第二届"邵阳道德模范人物"颁奖典礼获湖南省广播电视奖特别奖；获评首届邵阳广电"金牌编辑记者"。

春故事，展示邵阳脱贫攻坚的成就，记录宝庆人幸福奔跑的英姿，礼赞铿锵前行的祖国。

　　新春以来，本报按照台编委会的总体部署，结合走基层、转作风、改文风要求，组织全体采编人员深入基层，大力宣传报道全市各级各单位、部门、企业等贯彻落实习近平新时代中国特色社会主义思想的生动实践，《武冈油菜花正开　乡村振兴踏春来》《新宁："迁"变万"画"展新卷》，以其广阔的报道视野，反映了我市经济建设、政治建设、文化建设、社会建设、生态文明建设和党的建设所取得的可

"走基层"记者在隆回县羊古坳镇踏着泥泞的毛马路前往采访地

喜成就；《回荡在深山里的侗歌声》《31 个省市楹联家为隆回七江镇 200 名村民书写春联》《"超级农民"王化永：冲刺亩产 1200 公斤向建党百年献礼》《云上草原的希望之路》《宋宝玉：做荒田的"娘"》，实地报道各地在脱贫攻坚、乡村振兴中取得的可喜成果；《110 余名青年志愿者冲向疫情防控第一线》《"水宝宝"24 小时守护市民春节用水》《消防员的春节：宁愿"亏欠"小家，护得万家安乐》《邵阳经开区率先出台就地过年补贴措施》《过年不回家　我们都在岗》《一名乡镇党委书记的春节》等稿件，让各地加强疫情防控、积极响应就地过年号召的感人场面，以及各级党员干部察民情、解民忧的爱民暖民情怀跃然纸上；《邵阳 54 个项目参加

全省重大项目集中开工 总投资 151 亿元》《新宁：项目建设奔起来 3 个重点项目集中开工》《洞口：集中开工 5 个项目 总投资 12 亿元》，及时报道和展现我市在重点工程、重大项目集中开工和各行各业在春节期间为民服务的良好形象。

"走基层"活动开启以来，《邵阳城市报》运用全媒体手法，真实的视频、图片，让文字更鲜活；朴实的文字，让视频、图片更具内涵，共同构成一个个丰满的故事、一幅幅感人的画卷。为扩大稿件影响力，《邵阳城市报》坚持传统媒体和新媒体矩阵共同发力，连续开辟专版、专栏，大篇幅、大视角、大容量、大手笔，图文并茂、全景式推出记者采自基层一线的报道，同时通过《人民日报》"人民号"、凤凰网"大风号"、"掌上读报"等新媒体平台进行推送，共推送 67 件次 13 万多字，完美实现了"一次采集、多种生成、多元发布"的立体传播效果，为树立邵阳形象、展示邵阳风采、全方位宣传邵阳全面振兴营造了良好的舆论氛围，各界反响热烈、好评如潮。邵阳市委宣传部《新闻阅评》刊文称赞："不仅践行了'走转改'活动的要求，而且形成了自己的风格特色。"

这次活动的成功开展，得益于台编委会的精心组织策划，得益于各地的主动配合通力合作，得益于全体采编人员的辛勤工作，是邵阳广电人践行"四力"的一次集中行动，一次大拉练、大展示、大检阅。

年年"走基层"，每每有新意。《邵阳城市报》将继续发扬这次"新春走基层"活动的良好作风，继续策划好主题，组织采编人员深入基层、深入群众、深入一线，采写出生动活泼、富有特色、具有邵阳温度的稿件，并充分利用新媒体平台，强化宣传，进一步提升媒体的传播力、引导力、影响力、公信力，为推动新时代邵阳广电事业高质量发展贡献力量。

从心出发，从"新"出发

曾 宁[*]

曾 宁

时间勾勒出新的年轮，故事也翻开新的篇章。进入 2021 年，各行各业都用奋进的姿态开启新的征程。邵阳广播电视台更是雄姿英发、兵分数路，全面启动了"激扬'十四五'，踏春开新局"全媒体记者走基层大型采访活动。我作为一个入行 8 年的"老"记者，有幸能成为这次走基层活动中的一员，抹去八年采写编的固有思维，以新闻"小白"的归零心态，从心出发，从"新"出发，触摸镜头的力量，感知文字的温度，贴近时代的脉搏。

出发！

洞口县罗溪瑶族乡宝瑶村坐落在罗溪国家森林公园境内，绿水青山与错落有致的村庄交相辉映。旧时宝瑶村为湘黔古道上的茶马驿站，一栋至今残存的驿站，连接着沿途的太平桥、思义亭、碑林等遗迹，见证了村寨曾经的鼎盛记忆。曾经在全国各大影院上映的电影《古道西风》，85% 的场景来自这里。

来到宝瑶，远离城市的喧嚣、汽车的尾气和闪烁的霓虹，在这里，心，突然就

* 曾宁，女，邵阳广播电视台公共频道新闻部副主任、《产业兴邵》栏目编导。获评 2020 年邵阳广播电视台"优秀编辑记者"、邵阳市"德业双优"新闻工作者。参与创作的电视社教专题《你是我的眼》获评 2016 年度"湖南广播电视奖"三等奖。

安静了。

青山、云雨、明月。千年古瑶寨，沉淀了太多故事，纵然是"诗家天子"也难以写尽宝瑶原生态的"美"和历史内涵。而现如今，宝瑶八景、客栈九朵金花……徜徉在如画景致里，在色香味俱全的美味落入唇齿的一瞬，咀嚼着可感知的励志故事，太多的宝瑶故事，在脑袋里拧成了一团乱麻。这采访该如何下手？

带队的频道副总监杨艳容倒是不急，领着我们和宝瑶村的村主任还有罗溪乡驻宝瑶村第一书记，就着山野时蔬品着农家甜酒，话匣子"哗"地一下打开了，许多大家不熟知的故事就这样流淌开来。

晚上，我们一行人围坐在客栈的火堆旁，尝着老板娘亲手熬的茶，采访拍摄的思路也慢慢熬制而成，创作的热情就像煮沸的茶叶在脑海里翻腾。大家赶忙把灵感进行整理，讨论、争执、删除、重来……初稿敲定已近凌晨3点，内心充盈着从未有过的满足。

有了初稿，第二天的拍摄工作就变得从容很多。在湘黔古道上，镜头慢慢摇上去的留白；在观光车进村时，就设想好的镜头加快剪辑；在拍摄熬茶时，镜头需要捕捉到的动作特写……杨总以身作则，把什么是编导诠释得淋漓尽致。文字和摄像

洞口县宝瑶村

不是简单的组合搭档，而是"1+1>2"的默契配合。

在杨总的指点下，我们根据采访时的同期声和拍摄到的镜头修改初稿，一字一句，既不是泛泛而谈，也没有辞藻堆砌。修改后的文稿，在杨总笔下，宝瑶的故事娓娓道来，真实动人。我第一次发现，原来，专题报道可以这么接地气，好像一部小说，引人入胜。

成稿后，开始进行文稿的配音和后期的编辑工作。主持人配音一如往常，杨总三两句指点，让主持人变化一下配音时的节奏和速度。还别说，小小的修改，效果让人惊喜。编辑镜头时，杨总一个镜头接一个镜头地细抠，运用了多种编辑手法，镜头的组接一瞬间就灵动起来。

在宝瑶待了3天，领略了那里的美，更感悟到了如何表达美。宝瑶的专题片制作就像客栈金花熬的茶，要慢熬，要细品，才有味。

接下来的一周里，我们又拍摄了洞口油茶、武冈的油菜花基地以及春耕生产。在每一个美丽乡村，留下或深或浅的成长脚印。说不辛苦那是假的，可取而代之的是吸饱知识养分的快乐，也让人真切地体会到，只有入脑入心，才能写出"沾泥土、冒热气、带露珠"的稿子；只有不断更新思维，多想多看多听，才能跟得上这万象更新的时代步伐；也只有俯下身、沉下心，不断修改、不断打磨，才有鲜活的作品。

火热的新春走基层，充实了大脑、涤荡了心灵、扫去了惰性。从"新"出发，"奔"向前路，这个春天充满力量，令人鼓舞！

践行"四力",让新闻更"亲民"

付 宁 *

自2011年3月入职邵阳广播电视台新闻综合频道以来,10年弹指一挥,我一直怀揣新闻人的初心,深入城市乡村,将镜头对准田间地头、厂矿车间,倾听和记录来自普通大众的故事和感动,不断践行"四力",让新闻报道的内容和呈现方式更"亲民",更具温暖和价值。

付 宁

开动脚力:深入基层,深度融入体会

深入基层,不是简单踩点,不是走马观花,而是要深度融入,用心观察体会,才能写出"带露珠""接地气"的报道。不管是刚入职时在《邵阳晚间新闻》做记者,还是后来在《三区播报》《邵阳新闻联播》做记者,我都会俯下身、沉下心,深入基层一线,深度融入新闻事件或新闻人物的角色里,当好记录者、见证者、传播者。10年间,我的采访足迹遍布整个邵阳。

2019年7月,邵阳进入汛期,区域性暴雨导致我市发生洪涝灾害。当时我身患带状疱疹,医生建议我积极治疗,但汛情报道刻不容缓。我输完液,立即赶到现场进行采访直至深夜。当月共在本台发稿50多条,在省级媒体发稿6条,在央媒

* 付宁,男,2011年3月入职邵阳广播电视台,在融媒体新闻中心《邵阳新闻联播》从事记者工作。

发稿 1 条，及时报道我市抗洪救灾的生动画面。《邵阳市部分干支流水位超警戒水位》《洪峰浪尖党旗红》等报道深受好评。

2020 年除夕刚过完，新冠肺炎疫情肆虐全国。大年初一，我就扛起摄像机来到各个防疫点，及时报道疫情防控动态，同时积极联系口罩生产企业，到生产车间做深度报道。得知我市第一位新冠肺炎患者通过积极治疗即将康复出院，我一大早就来到医院门口守候，并在第一时间把《邵阳首例新冠肺炎患者康复出院》的新闻往本台、省媒、央媒发送，及时传递了众志成城战疫情的信心和决心。

一篇篇鲜活的新闻报道，一条条点赞和评论，让我真切地感受到，只有深入基层、深入挖掘、用心体会，才能激发记者的职业冲动和创造力，那些令人感动、催人奋进的邵阳故事才会讲得更好。

练好眼力：抓准兴奋点，新闻更"亲民"

记者的眼睛要善于发现，善于交流，善于审视，善于抓住百姓的兴趣点。只有这样，电视新闻才会有新度、有深度、有感染力，才会更"亲民"。

邵水河风光

2020 年 3 月的一天，我开车经过市区邵水西路时，发现茅坪段道路及沿河风光带项目沿线，工人们正抢抓有利天气，对绿化带进行改造升级。我上前了解他们的工作情况，他们说 3 月底会完工。于是，我抓紧采访，播发了《邵阳又增好去处！邵水西路茅坪段道路及沿河风光带 3 月底完工》等新闻。类似这样的报道，还有《明天起，邵阳 104 路公交线路有新调整！》《车主们注意了！邵阳东收费站即将封闭施工》《邵阳站直达昆明高铁今起开通，邵阳市区到昆明不到 6 小时》……全新的题材、独特的角度，直击受众的兴奋点，大大提高了新闻的"亲民"感。

激发脑力：不断思考，发掘独家视角

做新闻是一个烧脑的活。2015 年，我被调入《邵阳新闻联播》担任记者，这对于一个只有四年新闻经历的青年记者来说是莫大的荣幸。一开始，《邵阳新闻联播》紧张的氛围让我一下子难以适应，头一个月我的发稿量排名倒数第一，这让我"压力山大"，我决心在最短的时间内提高自己的新闻敏感性。每天下班之后，我都会学习前辈的稿件，看他们从什么新闻点入手，如何更好地选取拍摄的角度，如何在

会议材料中提炼精华、多角度挖掘新闻角度。功夫不负有心人，通过三个月的不断学习和摸索，我的发稿量排名便从倒数第一跃居第一。

数量上去了，但我感觉稿件质量平平。为了让每一篇报道更出彩，我开动脑筋，寻找独特的角度，特别关注小切口、小故事，以此来反映大背景、大时代。我采写的《厉害了！网红直播带货 3 小时卖出 65 吨脐橙》《新宁： 巨型豆腐亮相　崀山喜迎八方游客》等报道，视角独特，极富"抓力"。

锤炼笔力：自学多磨，全媒体呈现

脑力所思，脚力所至，眼力所见，最终都要通过笔力来展现。但锤炼"笔力"不是一朝一夕的事。由于大学学习的专业与新闻理论关系不大，因此自工作以来，我刻苦学习新闻理论，先后购买了《新闻采访学》《新闻写作学》《新闻传播学》等书籍，用以指导自己的工作实践。我还报考了中央广播电视大学汉语言文学专业，顺利拿到了本科文凭。理论学习与实践相结合，为自己的新闻写作奠定了基础。

进入融媒体时代，我们不断尝试以日益丰富的呈现方式为受众带来更美好的阅读和观看体验。《被拐 29 年，新邵男子终回家》《春运第一天》等报道，我和同事们前后方配合，既在电视平台播发，又在新媒体"爱上邵阳"播发，大大提高了稿件传播的声量和广度。

践行"四力"，用心用情将镜头和笔触对准基层，讲好邵阳故事，我永远在路上。

总有感动在心头

——"采访手记"摘编

阮明湘　杨艳容　罗中利等

"走基层"记者在油菜花海合影

　　这次全媒体大型新闻行动"激扬'十四五',踏春开新局",共派出 6 个采访小组深入基层,记者采访了不少人,接触了不少事,每一次采访都是心与心的交流和碰撞,都会或多或少在心里留下一些印痕与记忆甚至是感动。稿子写完后,难抑心中那份记惦与感动,于是,以"采访手记"的形式,记下了采访时的一些细节、心中的感慨以及新闻背后的故事。有时,短短的一段文字比新闻更有看点,起码它披露了记者的一些心迹,让受众感受到了一个个有血有肉的新闻人。

　　总有感动在心头,"采访手记"有长有短,立意与落笔不尽相同,这里摘录几则,以飨读者!

隆回县向家村风光

（一）播撒希望的种子

【新闻稿件】《绥宁：播撒希望的种子 追寻振兴的梦想》

【采访手记】种子是农业的"芯片"。绥宁县杂交水稻制种40多年，村民们在广袤的稻田里玩的是"高精尖"。春耕秋收，他们赢得了"金"字招牌，拼出了小康生活。与其说自然环境天赋异禀，不如说人人奋进天道酬勤。绥宁县水稻制种产业不断稳步高质量发展，必将助推乡村振兴开启新征程！

——阮明湘

（二）激活人才"源头水"

【新闻稿件】《绥宁：模式升级，劳务经纪人助推高质量就业》

　　【采访手记】解决就业问题，就是解决老百姓的"饭碗"问题。只有端上了就业"饭碗"，才能不断实现出彩人生。绥宁县"劳务经纪人"模式，应就业脱贫而生，顺全面小康而旺。经纪人是就业政策的"宣传员"，也是求职用工的"媒婆子"，更是创业发展的"引路人"。一路走来，他们更加懂得：把人才留在本地，才是实现乡村振兴的关键，才是当地高质量发展的根本。我们期待：稳住就业"基本盘"，激活人才"源头水"，勤劳智慧的绥宁人一定会开创幸福美好的新生活！

——阮明湘

（三）"出圈"与"出彩"

　　【新闻稿件】《城步：插上电商"金翅膀" 飞向发展"新高地"》

城步南山风光

【采访手记】插上电商"金翅膀",城步经济发展有了新引擎,"一步之城"就是"天下城步"。边远的山城、崎岖的山路,不再是向往美好生活的屏障。当你在网上购物时,刷到了"乡村芝麻官"的直播,听到稍带城步口音的一句话:"亲,喜欢我们的宝贝就下单。"你一定会相信:城步产品以特色出圈,城步人民凭实力出彩。

——阮明湘

（四）和谐共生是一种境界

【新闻稿件】《南山国家公园:绿色屏障美如画》

【采访手记】绿水青山就是金山银山。国家公园的设立主要是加强生态保护。以

前上山打猎、下水捕鱼的生活，现在不行了；野生动物破坏庄稼，保险理赔了；山林中动物植物的生活，视频监控保护了……在南山国家公园里，人类只是大自然中普通的一个种群，没有"万物灵长"的优越感。然而，生活在这里的人肯定是幸福的！和谐共生，这是多么美好的境界。

——阮明湘

（五）有一种美，从"心"而来

【新闻稿件】《隆回县向家村："乡村游"铺就"振兴路"》

【采访手记】经过一天的走访，我们深刻地感受到了这些年来向家村的蝶变，全体村民正发扬"三牛精神"，在乡村振兴的道路上阔步向前。昔日的穷乡僻壤变成了产业旺、环境美、民风好的福地，这是向家村在脱贫攻坚大考中交出的一份满意答卷。向家村之美，美在自然山水，美在与大自然融为一体的淳朴村民，更美在撸起袖子加油干的精气神。采访中，村民们的脸上总荡漾着一抹抹浅浅的笑，他们是简单而快乐的，他们是精神富足的。来到向家村，你会发现，这里的美，从"心"而来。

——罗中利

（六）让梦想闪亮田间

【新闻稿件】《"超级农民"王化永：冲刺亩产 1200 公斤向建党百年献礼》

【采访手记】"超级农民"王化永对农民这一职业和脚下这片土地爱得深沉，他连续 12 年承担袁隆平院士超级稻高产攻关试验，朝着"让中国人的饭碗牢牢端在自己手中"的目标砥砺前行，不断奉献自己的智慧和汗水，科技强农的梦想闪亮田间，一垄一垄的希望正拔节生长。他的"追梦之心"和"坚守之志"，让人感动，给人力量，每一个有梦想的人都了不起！

——袁中科

（七）"小脐橙"迸发"大能量"

【新闻稿件】《新宁县：脐橙逆袭热销 果农从"吃睡不香"到"跳舞带劲"》

【采访手记】在黄龙镇，记者看到，这里停着一辆辆前来收购的大卡车，果农们正忙碌着把积压了一冬的脐橙一筐一筐地装上车。虽然大汗淋漓，但他们脸上露出了久违的笑容。果农李仲梅说："现在每天跳广场舞都特别带劲。"看着崀山脐橙的一路畅销和果农的笑脸，我们感受到了这个产业带来的活力，一枚小小的脐橙将迸发出更大的能量，助推果农奔向更美、更甜的生活。

——刘炳南

（八）以"小家美"带动"大家美"

【新闻稿件】《新宁县枧杆山村：变废为宝　打造乡村振兴的"院落景观化"样本》

【采访手记】在何顺兵等村民的家里，移步换景、入目即画，映入眼帘的是一派整洁靓丽的场景。每天一大早，村民们都会迎着晨光清扫院落，有的还用心打理花草苗木，以"小家美"带动"大家美"。"院落景观化"给村民们带来的，不仅仅是

"走基层"记者在新宁县枧杆村采访

舒适的环境，还有精神的富足和满满的信心。但愿枧杆山村早日成为乡村振兴"院落景观化"的生动样本！

——朱品锟

（九）心系"国之大者"

【新闻稿件】《武冈：心系"国之大者"　春耕生产"不负春光"》

【记者手记】粮安天下，农稳社稷。

武冈：心系"国之大者"，把粮食安全作为一项政治责任，"记在心上、扛在肩上、抓在手上"。

繁忙盛景不负春光，守牢粮食安全底线。

在"十四五"开局起步的春天，武冈以"开局即冲刺"的奋进姿态，全面掀起春耕生产热潮，做好粮食生产"大文章"。前行路上，我们的粮食之基一定会更牢靠，发展之基一定会更深厚，社会之基一定会更稳定！

——杨艳容

（十）乡村振兴踏春来

【新闻稿件】《武冈油菜花正开　乡村振兴踏春来》

【记者手记】春作序，花为媒。三月的武冈，油菜花染黄大地。它们是行走的艺术家，在山里田间尽情铺展着色彩，描绘着乡村的美好"蓝图"。

花开丰收景，大地处处香。伴随着乡村振兴的春风，"农业强、农村美、农民富"一定能在武冈大地不断生长梦想，收获更多的幸福。

——杨艳容

记者在认真拍摄油菜花海

（十一）绽放"最美"的幸福

【新闻稿件】《雪峰古瑶寨：绽放"最美"的幸福》

【记者手记】宝瑶村只有700多人，以瑶族为主的少数民族占85%。尽管它拥有多个"最美""美丽"头衔，但我以为那只是一种摇曳在文字里的美。

当我真正走进宝瑶，住在特色村寨、喝上瑶家熬茶、游走湘黔古道、欣赏雪峰风光时，才体会到时代背景下的"宝瑶之美"究竟有多美。在这里，乡村旅游蓬勃发展，幸福感与获得感绽放在村民们脸上。

一年春作首，万事竞争先。我相信，从这个春天出发，一定会迎来乡村振兴的又一个春天。

——杨艳容

（十二）托起乡村振兴梦

【新闻稿件】《洞口县："三棵树"托起乡村振兴梦》

【记者手记】产业兴，则农村兴、农民富。洞口县大力推广发展"三棵树"，实现了村村有产业、户户能增收，扶贫经验获全省、全国推介。

扶上马，还需送一程。如果说脱贫攻坚是一场攻坚战，那么乡村振兴就是一场持久战。在新生活、新奋斗的起点，洞口县正持续发力、久久为功，把巩固拓展脱贫攻坚成果同乡村振兴有效衔接起来，描绘乡村振兴的华美画卷。

——杨艳容

心中有暖意，笔下有感动

——《邵阳城市报》"新春走基层"主题报道特色分析

王龙琪^{*}

王龙琪

今年春节期间，邵阳城市报社积极响应邵阳市委宣传部和邵阳广播电视台的号召，开展"新春走基层"主题报道活动。记者们深入一线，用心倾听百姓心声、用双脚展开田野调查、用镜头捕捉时代变迁。在2月23日（正月十二）、2月26日（正月十五）出版的2期报纸，以5个整版另加0.5个版的版面计16条稿件、14幅照片，为读者奉献了接着基层地气、带着记者情感体温的"走基层"主题报道。这些报道触摸了时代的变迁脉动，捕捉了美好的新春气息、发展气象，从不同侧面见证了邵阳市在伟大复兴中的砥砺精神和奋进力量。

用新闻特写体裁凸显现场

"新春走基层"专栏刊登的稿件，记者大多采用新闻特写体裁，现场感凸显，令人印象深刻。"2月16日，大年初五，春寒料峭。走进隆回县荷香桥镇开智村，宛

* 王龙琪，男，主任编辑，邵阳市文旅广体局退休干部（正处级）。现为邵阳市委宣传部特聘新闻阅评员、省市广播电视节目监听监看员；曾任邵阳市广播电视局主管宣传业务副局长、省市新闻创优专家。

《邵阳城市报》记者罗中利（右）在基层采访

如车在绿中行，只见一道道被林木遮蔽的山梁绿影婆娑，构成一幅幅美丽图画。""我们一路了解一路感动，远远望去，一排排蔬菜大棚在明媚的阳光下整齐地排列着，甚为壮观。在这片土地上，村民们用勤劳的双手换来了幸福生活。而幸福，就像年轮，也在日积月累。"这是记者罗中利在采写《朱建绿：让梦想在奋斗中实现》一稿时的开头语和结尾语。字里行间，记者在新春一线采访的场景跃然纸上。

重现象描述、轻背景分析、多成就展示、缺深入思考——类似的不足在以往"新春走基层"稿件中较易出现。但笔者发现，《邵阳城市报》更注重调研意识，几篇调研味浓的佳作让人眼前一亮。比如，《梦圆向家村》一文见报稿的 3 个小标题就体现了调研思考的结晶——"向洪贵：养猪托起致富梦""向银平：经营民宿当老板""向玉明：在村里实现就业梦想"。这些现场调研成果在实施乡村振兴战略中具有代表性和借鉴价值。这样的稿件受到广泛好评，也启示我们："新春走基层，还能走得更深"。

用开阔视野呈现幸福笑脸

媒体的报道视野决定了新闻报道的广度和高度，《邵阳城市报》"新春走基层"主题报道展示了其广阔的报道视野。该报记者为了记录普通人的真实生活，记者们住百姓家吃百姓饭，以敏锐的触角和质朴的语言，从不同侧面呈现了一个正在发生深刻变化的邵阳。如特写《百岁老人笑谈百年变化》等报道，特别是 2 月 23 日头版《幸福小康年——张张笑脸点亮 2021 年》，用整版刊登了邵阳市来自不同地区、不同行业、不同身份、不同年龄的 100 张幸福笑脸。在报道这些洋溢着迎来小康幸福生活的甜蜜笑脸时，他们不带偏见，只录看见，看见的背后是一个热气腾腾的邵阳，引导读者认识到"邵阳并不缺少幸福，还将越来越幸福"。

这组报道还在内容的真实性、细节的感染力上狠下功夫，用记者自己的经历来引发共鸣。比如《"当代愚公"耗资 300 多万元为村民修通致富路》《朱邵和：更好的日子在后头》《归乡人的小康年》等报道，告诉人们脱贫攻坚的阳光照耀到了每一个角落，让无数人的命运得以改变，梦想得以实现，幸福得以成真。这些娓娓道来、真实感人的报道，也引起了读者更多的思考：汗水浇出幸福花，奋斗筑起小康路，所有的"幸福都是奋斗出来的"。

用"就地过年"子主题表现社会的温暖

主题是新闻报道的灵魂。《邵阳城市报》在这次"新春走基层"主题报道中，围绕"新春"这个大主题，推出了几个子主题，其中最主要的要数"就地过年"。

百节年为首，春节在国人心中意义非凡。由于今年春节期间新冠肺炎疫情防控形势再度趋紧，我市发出了"就地过年"的倡议，各部门立即行动起来，为"就地过年"做足、做好充分准备，以尽量周到的贴心服务，让疫情防控常态化下的新春佳节不失节日安全、祥和与温情。《邵阳城市报》"新春走基层"也不失时机报道了《"水宝宝"24 小时守护市民春节用水》《消防员的春节：宁愿"亏欠"小家　护得万家安乐》《过年不回家　我们都在岗》《一名乡镇党委书记的春节》《110 余名青年志愿者冲向疫情防控第一线》等新闻。通过"就地过年"这个子主题，真实地记录了节日期间仍然坚守在岗位上的人，正因为他们的坚守，让这个春节变得更安全、更温暖、更珍贵。

　　心中有暖意，笔下有感动。笔者认为，《邵阳城市报》"新春走基层"主题报道，不仅践行了"走转改"活动的要求，而且形成了自己的风格特色。虽然牛年春节已经过去，但其成功做法将会融入常态化的"走基层"系列报道，会继续带来基层的呼声、感动和力量。

（原载邵阳市委宣传部《新闻阅评》）

山顶上的那盏灯

肖　兰[*]

很多年前，我还在读高中。班主任是一位语文老师，喜欢文学，喜欢在课堂上用浓重的邵东口音大声朗读名家经典，也喜欢偶尔拿我的作文在课堂上读一读。平时随手而写的文字，经她一读，连我自己都觉着有了美好的感觉，写作文时就更加用心了。

肖　兰

我至今不明白，老师为什么有一次会想起带我和另一位同学（现供职于邵阳市委统战部）去采访一位扎根乡村的山村教师。那个小学在邵东界岭乡一个偏僻的山顶上。从县城乘车至界岭乡下车，我们便开始走路。不知走了多远，也不知走了多久，只记得当时我的两只手在行走中肿得像发酵的面包。我们从下午3点开始走，翻过一座又一座山，当我们终于气喘吁吁地爬到山顶时，已是暮色沉沉。山村教师是一位皮肤黝黑的中年人，满

* 肖兰，女，记者，媒体供职近30年，先后在邵阳广播电台、《邵阳广播电视报》、邵阳电视台（都市频道、经济旅游频道、公共频道、新媒体中心）当过主持人、编辑、记者、管理人员，现为邵阳城市报社社长、总编。

脸淳朴的笑容，很腼腆。在满山的云雾中，在昏暗的灯光下，他细细说着他对乡村的热爱、对孩子们的期望。

很多的场景我都忘了，他说的话我也忘了。只记得他当时很高兴，很高兴有人来看他，来听他的故事。他当时给我打了一盆热水，用热毛巾敷我的手，说可以消肿。他拿出了挂在屋顶的腊肉，支起了锅架。

那天的饭菜格外的香。下山时，已是满天星斗。我们打着火把在山路上艰难前行。

那位老师一直陪着我们，送我们下山。

老师的名字我忘记了，但我记忆中一直有这么美好的一幕。

从界岭回来后，山顶上寂寥的教室、微笑的老师、阵阵飘荡的山岚、满天的星光深深烙在我的脑海里。我随后写了一篇文章《山顶上的一盏灯》，投给了当时山西的《作文周刊》。

文章发表了，乡村老师的事迹也慢慢被传送开。我后来听说该学校被并到其他学校，那位老师被调到镇里教学了，也评上了"全国优秀教师"。

我一直在想，今天走上记者的这条路是不是就是当年我的高中班主任给启发的。我当年能发表这篇采访日记，是不是就是当时感受得太深。路上所经历的一切、眼睛所看到的一切，都让我震撼和感染，所以写出的文字饱含着深情，那篇文章也才能一投就中。

这次经历在我的记忆里一直保留着，影响着我一生的职业行为，以至我当记者后一直保持着一种习惯，特别喜欢去走近我采访的对象，观察他们的日常，和他们闲聊，听他们述说自己的故事。

每一个人都有心灵的一角，每一件事都有由来的起因。只有深入贴近，才能听到心灵的声音，才能知悉辉煌或艰难背后的故事。这些发自内心的声音及背后的故事透着不为人知的艰辛。而这些浸透着故事的文字，往往散发着人性的温暖，闪着感染心灵的光芒。

现代社会的进步，钢筋水泥浇铸的高楼一座挨着一座，隔断了我们曾经的邻里相亲，隔断了曾经的串东家走西家，隔断了曾经饭后簇在一起的"扯白话"……曾经的一切都烙着时代的记忆，渐行渐远。我们的文章也在远去的年代中，变得有些浮躁，失去了往日烟火的温度。

信息化的发展、互联网的发达，让我们记者形成了一种快餐式的采访和写稿方式。以前写稿总要酝酿自己的感情，现在写稿很快，拿来资料，套上"八股"，一篇稿子便快速码成。

《邵阳城市报》作为邵阳市区的一家都市报，创刊伊始，致力于"关注都市冷暖，关心百姓生活"。对报道也更要求贴近生活、走入平常百姓，致力深度报道、纪实追踪，因而格外强调记者走入基层，有自己的亲身体验和直观感受。

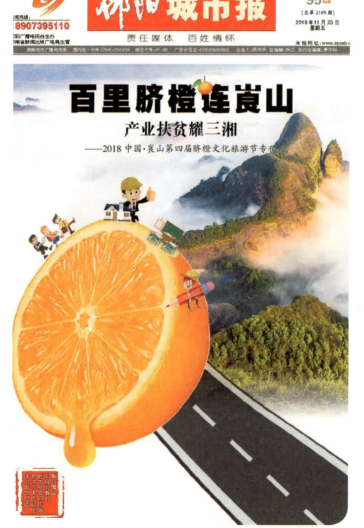

美观大气的特刊版面

春节后的《邵阳城市报》有了新的改变：版面更美观，报道更鲜活。一个个普通百姓成了新闻主角，一篇篇来自生活最前沿的鲜活特写格外醒目，一条条产业发展、脱贫攻坚的重磅报道浓墨重彩。大山深处、城市乡镇、工厂车间，一篇篇带着温度的文章占据着报纸的头版头条。

这些报道沾着泥土、带着露珠、冒着热气，有思想、有温度、有品质。在报纸刊出后，得到了广大读者的一致好评。有读者说：你们的报纸最近官味淡了，民味浓了；少了匠气，多了朴实；少了空洞，多了温度。

"纸上得来终觉浅，绝知此事要躬行。"最鲜活的新闻来自基层，最生动的新闻来自基层。

2021 年开春，邵阳广播电视台集合旗下电视、广播、报纸、新媒体记者兵分六路深入全市各个县市区，去田间地头。带着满满的热忱出发，用脚力丈量，用眼力捕捉，用脑力洞察，用笔力描绘。一幅幅壮美乡村振兴的画面徐徐展开，一个个鼓舞人心的美好故事娓娓道来，一桩桩产业兴邵的宏图美景尽情展现，一篇篇动人华章映入眼帘。

历史的车轮滚滚向前，"十三五"荣耀而去，"十四五"奔腾而来。邵阳蓬勃发展的面貌在春天里耀眼绽放。我们生活在这样一个伟大变革的时代，我们每一位记者唯有俯身于大地，走入我们的城市乡村，才能看到一路脚踏实地、埋头苦干的人，矢志不渝、坚持不懈的人，迎难而上、自信拼搏的人；也才能闻到油菜花开的芬芳、看到热火朝天的工厂车间、捕捉到日常街道里巷的嘘寒问暖、感受到高楼林立的巨大变迁……新时代美不胜收的画面需要我们记者永远"在路上"，永远去追寻。

也许成为记者各有缘由，几十年前山顶乡村学校那盏灯照亮了我成为记者的成长之路。戴上"无冕之王"的"皇冠"，进入媒体的大"熔炉"后，我们有了共同的信仰："铁肩担道义，妙笔著文章"，它如一盏航标灯，指引着我们一路前行！

在基层感受春天的力量

罗中利 *

近年来，新闻工作者每年都会开展"新春走基层"采访活动，2021年的"走基层"与以往不一样，采取了全媒体大联动、大制作、大播出的创新之举。

罗中利（中）在基层采访

根据台总编室的统一部署，我被分到了第六组，前往隆回和新宁两个县采访。在短短的几天时间里，基层火热而真实的生活给了我们摄制的激情与灵感，我们把他们的故事通过镜头和文字表达出来，向社会传递出更多的正能量。在基层、在春天，总有一种力量，让我们备受鼓舞，难以忘怀。

在基层，感觉萌动的力量

整理行装，出发！我们的第一站是隆回县岩口镇的向家村。一个多小时的车程，不算远。窗外，葱郁的青山、金黄的油菜花、精致的小洋楼，不时从眼前闪过，农

* 罗中利，男，本科学历，2010年参加工作，现任邵阳城市报社支委、新闻部主任。多件作品获湖南广播电视奖、中国广播电影电视报刊协会专业类奖项。多次获评邵阳广播电视台"十佳新闻工作者""优秀编辑记者"，2020年获评邵阳市"德业双优"新闻工作者。

村的生机与活力扑面而来。

"以前我们两口子在外面打工,现在在家里办了民宿,开了商店。"随着旅游开发的大力推进,向家村声名鹊起,成了远近闻名的"网红村"。8组村民彭述华的民宿,清新的装修风格和屋外幽静的树林相得益彰,让人有一种进入世外桃源之感。

在向家村,我们记录了游客对向家村变化的由衷赞叹,记录了村民们对新农村、新生活的向往,也真切感到了脱贫攻坚所带来的翻天覆地的变化。

第二站来到新宁县水庙镇枧杆山村,只见门前屋后、院里院外,一处处美丽的院落景观代替了村民脏乱差的房前屋后的旧貌,入眼皆是乡风文明、生活富裕、生态宜居的喜人景象。长沙理工大学驻枧杆山村帮扶工作队依托人才优势,利用石头、木桩、砖瓦等乡土自然材料和废旧物品,着力打造村民的院落景观,提高乡村的"颜值"。通过一天的采访,我们深刻地感受到不仅村民变富了,村庄也变美了。

春天的农村是美丽的、富有生机的,处处萌动着一种力量,这种力量蕴藏在一草一木之间,蕴藏在群众的一颦一笑之间,这种力量,聚集成势,必将点燃乡村振兴的希望。

在基层,感受信心的力量

群众的欢乐和信心,来自强大的内心与不懈的追求,也来自自上而来的关心与帮扶。

黄龙镇是湖南省首批十大特色小镇、全国脐橙产业重镇。但去年因疫情影响,脐橙价格一度低迷。为减少果农损失、助农增收,新宁县千方百计解决销售难题,主办了2021首届邵阳崀山电竞文化节;县领导分头率队奔赴外地推介崀山脐橙,寻找合作伙伴,签订购销协议;还推出了"金橙贷",为脐橙收购注入金融活水。随着外地水果商的纷至沓来,果农李仲梅感言"跳舞又有劲了"。

今年的"中央一号文件"进一步强化了"科技兴农"的重要性,隆回县羊古坳镇雷锋村超级杂交水稻高产攻关科研基地内,"超级农民"王化永划重点、作标注,把

隆回县向家村风光

"中央一号文件"看成今年农业科技创新和乡村振兴的"任务书"和"施工图"。他说，"中央一号文件"让他增添了信心和干劲，他将带领团队冲刺亩产1200公斤。

当群众的期盼和党委、政府的工作高度一致时就会衍生出强大的发展动力，这种期盼是新闻工作者需要关注和反映的重要方面，这也是一名新闻工作者肩上的责任与使命。

在基层，触摸带劲的力量

在基层，只有俯下身、沉下心，才能自然生出那些独特、真实而深切的感受。

在向家村，记者与村民彭述华一起回忆过去的生活，交流民宿的发展，谈论饭店的开张；在黄龙镇三星村，记者与湖南省绿然农业开发有限责任公司董事长陈孝然一起感受脐橙滞销的煎熬，与黄龙村果农李仲梅一起分享脐橙滞销变畅销的喜悦……我深切地懂得了，只有走进基层、走进群众，与他们多交流、多沟通，才能真正走进他们的心里，了解他们的酸甜苦辣与喜怒哀乐，才能真正将他们的所思、所盼，用新闻的形式记录下来、凸显出来、扩散开来。

　　观察越仔细,笔下越生风。我因牙疼一晚没睡好,总觉得头有千斤重,在向家村爬上牛天岭时,已是汗流浃背。在枧杆山村,我们冒寒风和细雨采访,一站就是一个多小时,但我们都用心去观察和感受每一个场景、每一个细节,正因为有了这些细腻的观察,虽然又苦又累,但感觉特别亢奋,灵感来得特别快。彩虹滑道、儿童游乐场里的欢乐,三星村口大汗淋漓装车的果农,利用废弃的谷仓、脸盆架、木箱等打造的景观,阡陌交通、井然有序的超级水稻高产攻关试验田,都变成了笔下和镜头里的生动画面。

　　"字里行间,带着露珠、冒着热气,散发着泥土的芬芳,闻得见汗水的味道!"这是《新宁县:脐橙逆袭热销　果农从"吃睡不香"到"跳舞带劲"》《"超级农民"王化永:冲刺亩产1200公斤向建党百年献礼》等报道播发后,朋友圈里给出的高赞。这对记者来说,采制出的作品能获得受众认可和好评,是一种莫大的快乐和幸福。

　　"涉浅水者得鱼虾,涉深水者得蛟龙。"作为记者,只有深入基层、深入群众、深入生活,才能写出有品质、有温度、冒热气、接地气的新闻作品,才能影响世道人心,才能不负人民的嘱托和时代的期望。

　　春天的力量,传递温暖、激发活力。每个春天,都令人鼓舞,更值得期待!

拖着病腿走基层

黎成军 *

2月19日，接到报社领导通知参加全台的"记者走基层"调度会议，我既兴奋又担忧。台领导强调，此次采访不同于以往的各媒体单独采访，而是全媒体联动，参与的记者从广播、电视、报社三类媒体抽调。记者要深入厂矿社区、田间地头开展"蹲点"式采访，而且要真正"走下去""沉下来"，用心灵倾听百姓心声、用双脚展开田野调查、用镜头捕捉时代变迁，为受众捧出 "接地气""冒热气""有温度"的新闻报道。"走基层"无疑是很辛苦的，我的右腿因跑步造成"半月板损伤"快一年了，还没恢复，走路一瘸一拐的，能不能坚持走下去完成采

黎成军

访，还是个未知数。去吧，怕腿伤加重；不去吧，又不符合我勇往直前的性格。台里组织融媒体走基层采访团队，我来到报社数年，这还是第一次，肯定能学到很多新东西。机会难得，我思量再三，决定参加："再艰难也要坚持走完！"

* 黎成军，男，2017年8月入职《邵阳城市报》，担任新媒体部、《民情通道》部主任，擅长做深度调查类报道。作品《好丈夫细心呵护瘫妻17年》《拯救铁人李海军》分别获湖南广播电视奖（报纸类）二、三等奖。曾在广东电视台公共频道等媒体工作过。

　　融媒体采访团队共分 6 个采访小组，我们这个小组由台融媒体中心党支部书记阮明湘带队，陆文宇担任主持人，唐琼涛摄像，我当文字记者，孙正安负责开车。我们小组负责采访绥宁、城步两县，是省内最边远的地方，开车就要 3 个多小时。2月 23 日下午，采访组结集完毕，浩浩荡荡直奔首站——城步苗族自治县。

　　在城步苗族自治县的两天中，我印象最深刻的是采访遭野猪破坏庄稼的受灾户潘显银。他的田距离马路 1000 米左右，我们走完 100 米左右的毛马路，面对的就是仅容一个人通行的泥泞山路。走独木桥、跨小溪流、爬山坡，我一瘸一拐地跟着队伍奋力向前走着，生怕掉队了。虽然路途险阻，但原生态的风景确实很美，路上青草覆盖，路边溪水清澈见底，偶见鱼儿随波撒欢，红红的野茶花开得正艳……在过独木桥的时候，桥上的青苔很滑，我的脚一颤抖，差点摔到河里去，幸亏"牛高马大"的老孙在旁扶了一把，不然就变成了"落汤鸡"。

　　2 月 25 日，全国脱贫攻坚表彰大会在北京人民大会堂召开，我在位于城步的湖南七七科技公司感受了苗

锦绣城步

家人民脱贫后的喜悦。该公司董事长杨淑亭是一位坐轮椅的残疾人，因自强不息带领苗家乡亲脱贫而受到全国表彰和习总书记的亲切接见。当电视机里镜头闪过杨淑亭的画面时，七七公司的全体员工立即鼓掌欢呼起来，随后兴奋地跳起了苗家舞蹈以示庆祝。"我们脱贫啦！"的欢呼声响彻整个公司。

　　作为一个报社的文字记者，我对电视语言一窍不通，组长阮明湘当起了我的老

师，手把手教我怎么写电视新闻稿，怎么选拍摄角度，怎么推拉摇移镜头，怎么才能让画面以最美的视角展现在观众面前。

城步丹口镇桃林村是全国第一批"中国少数民族特色村寨""中国传统村落"和"湖南省特色旅游名村""省级美丽乡村建设示范村"。每年桃花盛开的季节，游客甚多。在桃林村采访，我实实在在感受到了乡村旅游给老百姓带来的好处。桃林村几乎家家户户都在马路边摆摊卖特产，经济实力较强的就开起了"农家乐"招揽客人，因此家庭收入大幅度提高。

为了把苗乡人的幸福和游客的快乐展现出来，我决定自己用手机拍摄镜头。按照阮老师教的方法，我一步一步摸索，一次拍不好后拍第二次，慢慢地拍起来就得心应手了。回来后，我把拍摄的素材整理好后进行了初剪，再按照阮老师教的方法写成电视新闻稿《城步桃林村：桃红柳绿入画来》，最后在阮老师的指导润色下，经过唐琼涛的巧手精编，稿子在《邵阳新闻联播》顺利播出。

一个星期的走基层采访，我最大的收获是学会了电视新闻的拍摄和写作，也体验了电视新闻人的辛苦和工作的烦琐。虽然右腿因长时间走路伤情加重了，但我觉得这一切可以用两个字来形容："值得！"

你的笑容，我的足迹

刘炳南 *

从各媒体抽调的全媒体记者，兵分六路，奔赴各县市区，颇有"聚是一团火，散是满天星"的味道。我所在的组为期三天的"走基层"结束了，成片到底会是什么样？那几天，心中总是充满忐忑和期待。

因工作原因，每天跟着联播制作团队审片的时候，六个组的片子都是先睹为快，尤其是第一期李总带队拍摄的《科研专家"传方送经"，种苗"赋能"乡村振兴》一炮打响，来了个开门红，再经新媒体的同志们制成短视频发出后，燃爆朋友圈。我高兴之余也在想：我们团队的片子会是什么样呢？哪个地方会成为亮点？

刘炳南

"炳南，你去新宁县了？"

"'跳舞带劲'这句话说得贴切，你们设计的吗？"

"那个阿姨笑得好有感染力啊！"

这些都是稿子转发后，来自朋友圈的留言。没想到，我们拍的这个片子的亮点竟在一位阿姨身上。

这位阿姨是我们在新宁县黄龙镇三星村拍崀山脐橙时随机采访的，可以说是无心插柳柳成荫。当时我们在拍完一位既定的采访对象后，感觉同期声不精彩，表情

* 刘炳南，女，2021年入职邵阳广播电视台，现为融媒体新闻中心《邵阳新闻联播》主播。曾获湖南省播音主持作品一等奖。

也不太好，因为他在一句句跟读台词，紧张得汗水直流。正当我们东瞅西瞧想重新"物色"采访对象时，一位在旁边埋头苦干分拣橙子的阿姨引起了我们的注意。乌黑的露耳短发、晒得黝黑的脸庞，两只手在四五个橙子筐前不停地忙活着，卖力得很。我转头问老板："这位阿姨是自己的家人吗？"老板说："是一位老员工，也是果农。"于是，我拿来一个小板凳靠她坐着，一边吃橙子一边和她聊天，其实就是想看看阿姨的表达能力怎么样，适不适合作为采访对象。没承想，阿姨抬头就给我一个灿烂的微笑，虽聊着天，但手里的活一点也没耽误。不一会，大伙儿围了过来，摄像大哥也做好了拍摄准备，阿姨一点都不紧张，反而在我们的引导下，话越说越多，越说越有味，说年前因为受疫情影响，橙子卖不出去，急呀愁呀，睡不好、吃不香的，跳舞都没心情了，自从老板帮村里的果农们联系了销路，仓库里的橙子一下子就卖出去了，还卖了好价钱，现在跳舞都带劲了，随即就是发自内心的

新宁脐橙是当地百姓的致富果

作者（左二）在新宁县采访果商

哈哈大笑。就这样，我们用镜头记录下了这一幕。阿姨表现得真好，一气呵成，甚至都不给我插话的机会，也许这就是她本真的样子，也许是我们问到了她的心坎里。

时代在变，新闻的表达形式在变，但我们不变的是，始终坚持百姓情怀和人民本色。《东方时空》有一句宣传语："讲述老百姓自己的故事。"这句话现在来看依然适用、实用，毕竟，真实、真诚、真情的东西，谁都喜欢。

其实，记者这个职业真的很苦很累，但也真的很充实，而且更多的是精神上的。当你真正扎基层一线跑两年采访，就会真切体会什么叫"记者的苦累你不懂，记者的快乐你更不懂"。融媒体语境下，记者型主持人不单单是换个地方说好听的话，更是要说让老百姓感同身受的话，说能引起共鸣的话。

你的笑容，就是我们寻觅的足迹。愿我们的镜头下，出现越来越多像这位脐橙阿姨这样的笑脸，这既是对我们工作的肯定，也是对她自己幸福美好生活的最好表达。

在走基层中收获感动和成长

扈 祯 *

扈 祯

2021 年初春，乍暖还寒。邵阳广播电视台部署"激扬'十四五'，踏春开新局"大型新闻采访行动，从各媒体抽调的采编人员分成 6 个组奔赴各县市区。频道分管宣传的副总那天把我叫到办公室，说是要我参与报道组，当时，我既兴奋又忐忑。到电台十年，这是我第一次参与"新春走基层"大型集中采访，采访组成员来自广播、电视、报社（《邵阳城市报》）三个媒体平台。"多兵种"作战让我充满期待，因为我可以零距离学到一些电视的采访和拍摄技巧，但同时也深感压力和责任重大。

领队说，我们采访的稿件，要在广播、电视、报纸、新媒体平台播发，采访结束后，还要组织评奖，大伙儿一定要拿出最好的状态和水准。我"哦！"了一声，握紧拳头，默默为自己和战队加油！

根据安排，我们小组负责在新邵县和邵阳县的采访，台编委会的"大神"们，早已为我们画了采访的框框，包括选题和报道框架。其中有一个选题是"功德银行"，初看这一选题时我有点纳闷："功德银行"是啥？有点"封建迷信"了吧？

---

* 扈祯，女，邵阳广播电视台经济广播新闻部副主任。曾多次参与全市大型会议和活动的连线报道。

带着疑惑和好奇，出发！采访车从新邵县城往潭溪镇方向开去，一路上，车窗外不时掠过乡村秀美的风景。我们在车上有说有笑，不知不觉，一个多小时就过去了，我们来到了玄本村。这个村是由潭溪镇玄塘村和务本村合并而成，从两村各取一个"字"组合成"玄本"，在农村，很多村名由此而来。玄本村共有25个村民小组、2113名村民，此前由于交通不便，基础设施薄弱，原属省级贫困村。为扎实推进乡村振兴战略，建设"产业兴旺、生态宜居、乡风文明、治理有效、生活富裕"新玄本，2019年3月，该村将公德教育与脱贫攻坚有机结合，创新公德教育方式，挂牌成立了全县首家"功德银行"。

"功德银行"以户为单位建立村民公德档案，对是否遵守《玄本村人居环境卫生整治管理办法》的行为予以加减分，每户基础分为100分，从法治、德治、自治等方面明确评分细则，村民可自己申报加分项目，也可建议对表现差者予以扣分，经村"两委"研究认定后给予1~50分的加分或扣分。通过一月一评比，一季一兑付，村民的结余积分可兑换食盐、牙膏、洗涤用品、大米等实物，从而引导和激励村民规范自己的行为举止，用身边人和事教育转化身边人，最终实现人人遵纪守法、邻里和睦、环境优美、生活幸福的目标。原来，"功德银行"是这么回事，还真是新鲜！

因采访的点比较多，摄像对每个镜头和同期声都力求完美，所以采访的时间拖得很长，我们让村民黄明生和黄红光两位60多岁的采访对象等了近两个小时，心里实在过意不去。我们知道，在剪片时他们的镜头并不会用太多，主要是让他们谈谈功德银行给自己的思想和生活带来的变化。他们积极配合，耐心等待，没有半句怨言，因为他们说，就等着我们来采访，就想乐呵呵地通过镜头告诉所有人，功德银行积分的实施真的让他们的生活发生了改变。

村里还有一支护林队，队长黄有材总是骑着一辆摩托车，每天穿梭在崎岖的山路上。他的责任，就是带领护林队看护好村里的一草一木。我们正在对他进行采访的时候，突然对面的山头上冒出了山火，"打火去了！"他给我们丢下

新邵县玄本村山水秀丽

一句话，马上打电话通知护林队，并迅速跨上摩托车飞驰而去。我们紧跟其后，一边参与灭火，一边用镜头记录下了他们勇扑山火的感人场景。深入基层，处处有新闻。这不，我们又抓了一条"活鱼"。我们把用手机拍摄的灭火镜头发到"走基层采访群"后，其他同仁纷纷点赞，还有人打趣留言："你们这个采访组这是要火的节奏！"山火被扑灭后，我们又将镜头对着呛了一鼻子浓烟和灰尘的黄有材，他迎着风，擦了一下鼻子，咧着嘴开心地笑着。

另外一名采访对象——黄享，30来岁，是村里联防队的一名女成员，像她这样的年轻人留在村里的不多。为了照顾孩子，她从生活了多年的大城市回来了。刚开始采访时，她很不适应，后来慢慢接受并融入其中。联防队有近20名队员，村里组织大型活动的时候，他们主动承担起村里的接待工作，并维持活动秩序。疫情期间，队员们主动上门为村民们测量体温并做好登记工作。除了宣传法律知识和安全防范知识，队员们还常态化开展治安巡逻、安全检查、卫生监督。因为每天要在村里宣传，他们用的拉杆音响早就被拖得破旧不堪，黄享指着这个"铁坨坨"羞涩地笑着："我做的这些都是义务的！"

在"功德银行"的滋养丰润下，近年来，玄本村村民的日常行为越来越文明规范，互帮互助、积德行善蔚然成风，向善向上的风气正在逐步形成。行小善，积大爱，"功德银行"小小的积分本，记录的全是村民遵纪守法、邻里和睦、环境优美、生活幸福的点点滴滴。这家不存钱的银行，存放了代代相传的积德行善之举，这股乡村文明之风吹遍了村里村外的角角落落，向善向上的品德根植于每一个村民的心田。

采访回来刚落脚，村干部打来电话，说工作人员在接受采访时报功德积分排名的时候，漏掉了一个人，请我们一定要把他的名字加上去，因为现在村里的每一个人都非常爱惜自己的名声，就像山中那振翅飞翔的鸟儿爱惜自己的羽翼一般。

走基层，感受的是变化，收获的是感动和成长。在与基层群众的真诚交流中，我们感受到了村民的欢乐和信心，同时也了解到村民的许多期盼和心声。乡村振兴的美好愿景，农民的心态变化，基层干部的坚守辛苦，都变成了新闻报道的源泉。而随着采访的推进，稿件的撰写、修改和播出，我也一路成长、一路收获，更感觉到了融媒体时代，当好一名全媒体记者，着实需要"流下一身汗，脱掉一层皮"。

最美的风景在路上，最快的成长是参与。下一次邵阳广电全媒体新闻行动，我铁定报名！

泥泞里的温度

赵淑媛[*]

　　3月2日至3日，我跟随邵阳广播电视台"激扬'十四五'，踏春开新局"采访组来到了邵阳县，开展为期两天的采访。对于我来说，这是一次能够彼此学习、取长补短的"充电"机会。

　　所见。3月2日，我们紧跟油茶"成长"的脚步，来到了邵阳县蔡桥乡水口村油茶基地，看到了漫山遍野、长势喜人的油茶树。随后我们参观了油茶专业合作社茶油生产车间和产品展厅，看到了油茶如何蜕变成茶油、护肤品等产品，如何帮助当地百姓换取"真金白银"、成为脱贫致富"金果子"的"全过程"。3月3

赵淑媛

日，我们来到了白新高速公路的起点——蛇湾枢纽互通，走访了邵阳县段施工难度最大的夫夷水一号桥。在施工现场，挖机、推土机等车辆有条不紊地作业着，工人们汗流浃背，一派热火朝天的景象。

　　所闻。听到了曾经的建档立卡贫困户周业多分享脱贫的喜悦，听到了合作社负责人周根生描绘把荒山荒地变成乐园、带动更多农民走向振兴之路的美好蓝图，听到了油茶合作社负责人细细道来的油茶一身都是宝以及如何提升油茶附加值的"生意经"，听到了邵阳县油茶产业服务中心主任李春江谈油茶的经济效益，听到了白

---

* 赵淑媛，女，毕业于长春师范大学戏剧影视文学专业。现任邵阳广播电视台融媒体新闻中心《邵阳新闻联播》记者。

"走基层"记者在白新高速公路建设工地采访

新高速施工人员主动放弃春节休假、坚守工地、抢抓工期的感人故事，听到了村民对白新高速建成后的期待与展望……

所感。近年来，邵阳县坚持"油茶立县"战略不动摇，大力实施基地扩规提质、加工扩能升级、市场融合发展、品牌创建提升等措施，做足生态产业大文章。如今的邵阳县，正朝着"百万基地，百亿产值"的双目标接续奋斗，而白新高速建成后的"加成"作用，为油茶更好地走出去再添"新引擎"。

采访过程中大家分工合作，互相帮助，配合默契：有的把控全场、沟通协调，有的与主持人讨论出镜内容，有的设计转场等相关的场景，有的地上天上各种拍摄……为确保稿件质量，小伙伴们放下了"偶像包袱"，顾不上会让我们摔个"狗啃泥"的油茶林和工地里的泥土，也顾不上阳光下的"蒸桑拿"，力求每一个画面都精益求精，容不得一点瑕疵。我想，这就是我们的作品这么"土味"十足的原因吧！

这两天的采访，让我感触颇深，收获满满，不仅锻炼了我的临场应变能力，也提高了我的沟通技巧和文字水平。自己感觉成长了不少，也深刻体会到了待在办公室、会议室，并不能写出高质量的作品，需要走出去，深入田间地头，走进车间工地，俯下身来倾听最真实的声音，这样才会让作品更有温度、更接地气。

拍出"形"与"魂"

——我的摄像体会

罗　飞 *

电视，是一门用画面说话的艺术。电视摄像，是一个我们经常谈到的老问题。不过，我觉得电视摄像常学常新。电视摄像既简单又复杂。简单得可以用一句话来说清，那就是：电视摄像就是光线的运用，点、线、面的结合。复杂地来说，电视摄像是一个系统的工程，涵盖了美学、色彩学、光学，还有空间、透视等等元素。

作为一名摄像师，首先应具备鉴赏美的能力。摄像工作非常广，涉及面也特别宽，必须考虑方方面面的问题。接触的门类要广泛，比如说新闻摄像、专题摄像、文艺摄像、人物摄像、风景摄像等等。在了解多方面的同时，又要求摄像师在某一个领域有专长，比如说擅长拍人物、拍文艺、拍光

罗　飞

影等等，这就要求摄像师对各个学科门类有所了解。其次，摄像师要养成一种自觉

* 　罗飞，男，现任邵阳广播电视台机关党委专职副书记。曾担任《民情通道》栏目电视版主任，邵阳广播电视台影视制作节目部主任，邵阳传媒网站长、总编辑。多件作品获得湖南广播电视奖一等奖，邵阳市"'五个一'工程奖"，邵阳电视台摄像比赛一等奖。

进行构图训练的素质，到任何一个环境，就要对这个环境注意观察，要认识这个环境，构思在哪个角度拍摄的效果最佳，是低角度还是高角度，画面背景是什么，画面主体要突出什么，等等，这些问题都要去思考、去比较。

电视摄像和摄影有共同之处，玩摄影，光为先、形为上。光即光影，"没有光就没有影"，光是摄影的灵魂！形即构图，是画面的骨架，诉诸视觉的点、线、形态、光线、明暗、色彩等在形式美方面进行协调的配合。构图必须依赖灯光，有什么样的光就有什么样的画面！那么构图的首要任务就是突出主体形象，处理好主体与陪体、主体与环境、主体与背景的关系，以恰当的拍摄角度和景别，配置好光、色彩、影调、线条、形体等造型元素，获取尽可能完美的形式和内容高度统一的电视画面。

出色的构图必须要有出色的立意和构思，充分表现创作者的拍摄目的。在构图

时，画面要简洁，不必要的东西就要去掉；主体要突出，拍摄前必须要有一个深思熟虑的方案；立意要明确，出色的构图必须要有出色的"构思"；要有表现力和造型美感，要善于运用线条、光线、影调来表现主体。

摄像是一门灵活运用"加法"与"减法"的艺术。摄像、摄影的"减法"，实际上就是使画面简洁以突出主体，表现画面的主题。当然在实际拍摄人物、风光、动物、植物以及静物、活动等题材时，在很多情况下，画面中的内容都不是我们所能控制的。此时，作为一个摄像师，如何在繁多的元素中，提取需要的元素进行表现，就只能靠个人的眼光和能力了。

但画面简洁并非简单，要注意画面的平衡：数量均衡、质量均衡、颜色均衡和明暗均衡等等。除了这些比较具象的平衡之外，还有隐藏在画面中的平衡等，比如人物、动物的视线，还有物体的倾斜方向等等都可以配合画面进行平衡处理。

　　一幅画面，主体不单承担着吸引观众视线的作用，同时也是表现画面主题内涵的重要部分。要突出主体，一个比较简单的方法，就是让主体充满整个画面。还有可以通过剪影、逆光、大色块等等方法突出主体。

　　好的画面，应该是点、线、面三者同时存在的，只有这样才是一幅完整的构图，只有让它们三者相互协调、相互平衡才能获得最佳的构图效果。画面中的点，小如人眼中的星星、蚂蚁，大如高楼、人物等等，都可以划分为画面中的点，可以使画面的焦点成为视觉的中心。通过恰当的构图运用，一条简单的线条即可以形成透视牵引的效果，使画面的空间感和立体感大大增强，要在实操中学会寻找有形的线条，如建筑物、植物、山脉、道路、自然地貌、光线等。

　　就角度而言，一般有以下18种常用的构图形式：水平线构图、垂直线构图、斜线构图、对角线构图、曲线构图、放射线构图、对称线构图、框式构图、正三角形构图、倒三角形构图、侧三角形构图、黄金分割法构图、"十"字式或交叉式构图、L形构图、C形构图、散点式构图、透视牵引构图、圆形构图，等等。

　　当然，电视构图与光线有着密不可分的关系。可以这么说，没有光就没有影，光是影的灵魂，有什么样的光线就会拍出什么样的画面。同时，在摄像过程中，电视构图还要处理画面主体与陪体的关系、画面主体与背景的关系，还有机位与构图，比如说低机位、高机位、水平机位构图等等。画面与色彩的关系等等这些都需要加强构图训练，总结、摸索经验，逐渐历练自己独特的构图方式，因为美在每个人的眼中是不同的效果和不同的感受。

一个摄影记者的修炼

禹剑阳 *

因为心宽体胖，为人温和，大家都叫我"禹胖"。来台里 8 年了，摄影是我的最爱。

这回新春走基层，我很开心，因为终于能过上几天"海阔凭鱼跃，天高任鸟飞"的日子了。当然，我的主要任务还是要拍出"新春气息"与"时代精神"。

拍摄一如往常地辛苦，因为要配合拍摄对象的工作节奏，还要在最短的时间内和拍摄对

禹剑阳

象沟通，营造一种轻松、宛若认识多年的老友的氛围，这并没有想象中的那么容易。

在邵阳市农业科学研究院拍摄时，我很快摆好设备，选好机位，检查了色温和曝光，调好焦距，又再次对画面构图进行微调。我努力地把自己隐藏在机位后，避免给拍摄对象带去镜头以外的信息，这样能让对方更好地沉浸在他的叙事场域里。这一套无声但流畅的动作后，对方马上能感受到我的专业和诚意，他开始进入状态，讲述农业种苗的故事。

拍摄完人物的同期声后，亮哥、超群建议我再去拍一些种苗的画面。邵阳市农业科学研究院的吴勇捧出一个玉竹育苗箱，我试着对了下焦，发现环境亮度不够，静止的画面有点死板。怎么才能把种苗的生机和活力反映出来呢？我把镜头架

* 禹剑阳，男，1988 年出生，2013 年入职邵阳市广播电视台，现为融媒体新闻中心摄像记者，新闻稿件多次被中央电视台、湖南卫视等媒体采用。2019 年被评为邵阳市广播电视台"优秀记者"。

在桌子上，陷入沉思……有了！脑子里灵光一闪，前几天研究湖南卫视的饮食类专题片中的一个镜头在我脑子里闪过。

对，没有光就创造光，没有风就创造风，没有雨露就创造雨露。我找来婧姐，打开手机灯，缓缓移动，又顺手用喷壶在种苗上喷了些水雾，一切完美。

师傅说，摄影就像是做一盘白菜，看似简单实则最考验功夫，但厨艺精湛的厨师总能在细微之处显示出非凡的水准。至少，玉竹这道"菜"，我是过关了。

拍摄完，已经是晚上8点了，天已经全黑，我也用完了三节电池。

在摄影生涯里，累不值一提。在农业大棚拍摄，为了寻找喷淋效果，淋得全身湿透是家常便饭；有时在工厂拍摄一些工作场景时，我要特别注意，因为工厂的机械设备特别复杂，有些还是高温下作业。但每次，我架起摄像机，总有点战士端起枪的感觉，因为每一次拍摄，对我来说都是一场战役。

新春走基层系列，我拍了几十个G的素材，这些将是我的一笔不菲"财富"。希望邵阳广播电视台有更多这样的活动，也希望自己的摄影水平不断精进。

邵阳雪峰桥夜景

镜头里的美好

周佳凯 *

时光清浅，爱如初见。来台里 6 年
了，一直在新闻综合频道（现融媒体新闻中
心）时政部担任记者，全媒体记者要求会
写、会拍、会编，这"三会"中，我更擅长
拍摄。

周佳凯

此次"新春走基层"，台里整合了电视、
电台、新媒体、《邵阳城市报》的采编力
量，分了 6 个摄制小组。加入临时性新团队，刚开始去县里拍摄的时候，大家互相
不了解，拍摄遇到了很多障碍，可经过沟通、磨合后，慢慢地，整个团队配合得相
当默契，合作起来也很开心，工作效率自然提高了。

这次拍摄，我用到单反、稳定器、无人机、手机等设备，跟着镜头，我们去
了新邵县玄本村、白水洞村，邵阳县的白新高速施工现场、茶油基地。在拍摄过
程中，遇到了很多有趣又惊险的事，也看到了很多温馨和感人的画面。比如在新
邵的白水洞村，我们跟随一位家庭主妇去了她山上的老宅，老宅历经风雨，破败
不堪，但架构还在，主妇的眼里流露出不舍，但更多的是对未来的美好憧憬。在

---

* 周佳凯，男，2015 年入职邵阳市广播电视台，现任融媒体新闻中心摄像记者，所拍新闻稿件被央媒、
省媒采用。拍摄的邵阳市乡村振兴系列报道《我的乡村我的梦》获 2018 年度湖南新闻奖电视系列三等奖、
《南山往事：一条珍藏 85 年的棉裤 一座向阳 85 年的坟茔》获 2019 年度湖南新闻奖电视系列三等奖；
2019 年被评为邵阳市广播电视台"优秀记者"。

玄本村，我们看到那一本本自制的存折，感到既新奇又温馨，村民从以前的互不搭理甚至时常闹矛盾，到现在的互帮互助、友爱如一家，大家都想着为村里的发展尽力贡献自己的一份力量。这归功于该村 2019 年 3 月挂牌成立的全县首家"功德银行"，我们所到之处，总能听到感人的故事。

镜头转到白新高速施工现场，因为连续下雨，工地很湿滑，我们乘坐的汽车爬坡时，一个劲地打滑，我们心里都害怕翻车，提心吊胆的。这也让我们从侧面感受到了公路建设者的工作艰苦。为了能够尽早通车，他们依然坚守在施工现场，加班加点，甚至很多人都没有回家过年。其实，敬业的不止我们记者，还有许许多多的人用敬业抒写着人生的赞歌。而此时此刻，我只想用镜头记录下他们的智慧和汗水。

在茶油基地，老板带着村里的人一起脱贫致富，日复一日，年复一年，终于看到了成果。丰收的时候，村民们脸上洋溢着幸福又腼腆的笑容。他们感染着我，让我感觉到生活在新农村的幸福。村民们的生活在一天天变好，虽然其中有艰辛，但很充实。想想自己，也是啊！生活不易，拍摄不易，当一名好记者更不易。

最让我记忆犹新的是，在采访护林员时，突发山火。火趁风势迅速蔓延，越烧越大，为了将护林员的勇敢担当带出"山外"，我咬咬牙，毅然跟随他的脚步冲进了火场。为展现现场的真实感，为了他们不回头的脚步，我趴在满是泥泞的地上，抢拍镜头，虽然把自己搞得很狼狈，但是拍到的这些场面不就是他们最日常的工作？不就是人们想看到的那些最美好、最放心的镜头吗？拍摄完之后，为把主持人的口播做好，我一遍遍将无人机试飞，因当地地势险峻，周边环境差，导致无人机炸机。第二天，在拍摄施工现场时，天公不作美，又一次惨遭炸机。虽然我很心疼我的无人机，但一切都抵不过热爱，为了镜头更加丰富、更加出彩，我依旧会一遍遍去尝试，我想尽我所能，拍出让自己满意的作品，把最原始的东西表达得最深切动人。

这已不是我第一次"新春走基层"了。2019 年，我有幸跟央视的老师去城步县采访杨淑亭。那一次给我的感受很深，拍摄拍到腿脚抽筋，也知道了针对不同的场景镜头要如何去表达。虽然很累，但是我学到了很多。这次也是，我把我的所学所

以"虔诚"的方式拍好每个镜头

感都用镜头表现出来，感受更加深刻。特别在做后期的时候，深夜坐在电脑前，想着怎么去更好地用镜头把这些故事表现出来，跟团队的人一起探讨、一起选音乐、一起剪辑、一起修改，直到成片出来的时候，那种满足感、成就感油然而生。

我镜头里记录的这些画面，都是最温情。我会更努力地学习，用我最喜爱的摄像，去拍摄更多、更好的作品。

以融合大"练"兵提升"走转改"水平

刘奕岑 *

刘奕岑

2021年新春伊始，邵阳广播电视台改革创新，开展以"激扬'十四五'，踏春开新局"为主题的大型走基层新闻采访活动。全媒体记者兵分六路，身着"广电蓝"，深入田间地头、厂矿企业、百姓农家……开启了一场大融合、大练兵的"走转改"新征程，我十分荣幸地成为其中一员。

改革创新，融合大"练兵"

融合发展、创新联动，是传统媒体面临的一项紧迫课题。此次走基层，我和电台的同仁们负责"三区"的采访。在整个采访过程中，由于传播平台的差异性，我们彼此不断交流探讨，如何运用各自领域的优势来增强作品的现场感染力。在双清区渡头桥镇两塘村蔬菜基地采访时，我们从细节入手，留心录制了菜农在田间地头劳作时的欢声笑语和轰鸣的机车声、清脆的收割声……有效地将主持人的现场主持和真实现场完美融合，增强了作品的真实感和亲和力。同时，我们还主动借助新媒

* 刘奕岑，男，记者、策划人。现任邵阳广播电视台融媒体新闻中心《三区播报》栏目副主任。主创的评论《素质教育何时走出误区》获湖南广播电视奖一等奖。2013年被评为邵阳广播电视台"十佳新闻工作者"，2019年被评为邵阳市直宣传系统"优秀共产党员"。

作者深入一线采访疫情防控工作

体传播优势，从时、度、效着力，对整个采访报道进行精简编辑，以最直白、最快速的方式在网络平台进行推送。整个融合作战，不仅让电台的同仁们了解了电视的表现手法，也让做电视的我，增强了巧妙运用现场声音来增强电视节目现场感和表现力的意识。

彻转作风，"贴"基层、"近"群众

基层是人民群众生产生活的第一线，那里有真实的现场、鲜活，是新闻事业生长的沃土，是新闻记者的笔下之源和生命线。

此次走基层采访，我们捕捉到的，不仅有惠民政策给群众带来的实惠，也有基层干部为困难群众送去的关心与温暖，更有科技创新引领经济发展的具体成效……作为采访记者，我们把镜头和笔端对准基层和群众，深入到基层干部群众工作、生产、生活的各个方面，使自己既成为改革发展的参加者、实践者，又成为火热生活的记录者、讴歌者。在基层一线，我们学会了多思考、多比较、多分析，做到见微

知著、一叶知秋。

向基层要新闻、向群众要思想、向实践要答案，这是新闻工作者的追求。这次全媒体新闻行动，让我们积累了在基层捕捉和发现亮点和典型的新经验，在思考中进一步迸发出写作的热情和激情。

善改文风，在"实""活"上下功夫

接地气才会有灵气，俯下身才能心贴心。此次走基层，我们在语言表达上少了那些高大上的"官套话"，多了通俗易懂、接地气的"群众话"，特别是尾篇的《记者手记》，通过扎实的采访，记者们有感而发，朴实的语言赢得观众和听众的一致好评。同时，在电视镜头语言表达上，也运用了不少电影蒙太奇的手法，增添了报道的活泼和灵动。

在今后的采写过程中，我们在追求新闻价值的基础上，要更多地去思考和了解基层百姓想要的东西，从他们的身上发现故事，然后再去挖掘，讲好故事，讲出彩，讲群众易于接受。

我想，每一位有理想有作为的新闻工作者，都要坚持常走基层，立志做一名"田坎记者""巷子记者"，深入到火热的现实生活和人民群众中，挖掘生动事例，汲取新鲜营养，感受时代脉动，书写出更多深受人民喜欢的新闻作品。

用心拍好每一个镜头

陈　启*

我的名字叫摄影师，是这个伟大时代的记录者。我用镜头记录着一个个瞬间，时光流逝，每个瞬间都成了无声的永恒。

笔尖记录时代，镜头记录发展。17年的记者生涯，我将镜头对准大时代下的小人物，他们的命运与时代的洪流碰撞出无数可歌可泣的故事，成为中国特色社会主义现代化进程的生动缩影。在我的镜头里，有脱贫攻坚道路上一个个坚定的前行者，有疫情和火灾中一个个挺身而出的逆行者，有为建设美丽家园而流下辛勤汗水的市井百姓，有享受幸福生活而绽放灿烂笑容的市民，有拨云见日而流下幸福泪水的百姓。他们的喜怒哀乐，是生活的一面镜子，折射出了社会变迁的无数拐点。能够把他们的精彩瞬间定格成永恒，是我此生最大的幸运。

摄影，是一门技术，更是一门艺术。在运用技术手段时，加入对事件多视角、更深入的思考，你会发现，展现在你面前的是更宽阔的图景。跳开摄影思维的局限，让自己的思想更开阔，才是这个职业真正的价值所在。一幅震撼人心的摄影作品带给人的力量，犹如黑暗中惊现的光明、寒冬里送来的温暖。生活中随处都有值得记录的画面，我爱摄影，更爱用眼睛寻找、用镜头捕捉那些感人的瞬间。

作为一名新闻工作者，我最喜欢20世纪极具影响力的战地记者罗伯特·卡帕的一句经典名言："如果你的照片拍得不够好，是因为你离炮火不够近。"这句话也成了我的座右铭，激励着我勇毅前行，不断靠近现场。在2019年洪峰过境的那一

---

* 陈启，男，邵阳广播电视台摄影师。曾多次参与重大活动报道，获邵阳市人民政府三等功；作品曾获湖南广播电视奖特别奖、一等奖等多项奖项。

夜，凌晨四点，我在抢险一线，拍到了那些连续奋战 30 多个小时依然挺拔、忙碌的身影；在抢险间隙，我拍到了人民子弟兵疲惫不堪却依然灿烂的笑脸。在 2020 年初那场突如其来的疫情中，在防护物资奇缺的情况下，我毅然深入邵阳学院附属第一医院，用镜头记录下医护人员在请战书上按下红手印的瞬间。在医院，我提出进入隔离病区拍摄，因为隔离服严重短缺，我打趣道："我穿一次性雨衣，戴浴帽、头盔进去，在病房门口拍就行。"医院的宣传干事果断拒绝了我，虽然我说的是玩笑话，但想深入病房拍摄第一手新闻图像的心是真的。

"站在一线最前方，镜头聚焦最基层。"我认为这是作为一个摄影记者最基本的素养。只有深入一线，作品才会真实，才会有冲击力；只有贴近最普通的人民群众，作品才会感人，才会有生命力。我用手中的相机，记录瞬间的情与景，宣传身边的人和事，见证感人的言与行，这些照片中传递出的满满正能量，又将激励我在摄影的道路上砥砺前行、勇攀高峰。

作者在抗洪一线拍摄

用心用情，拍出精品

朱品锟 *

"激扬'十四五'，踏春开新局。"此次参与"走基层"报道组，走进田间地头、车间厂矿"蹲点"采访，感受乡村变化，收获一路成长。有人说，基层是新闻的富矿，生活是新闻的源头。此次采访，我对这句话有了新的理解和感受。作为一名摄像记者，唯有踏实的脚步，才能丈量和记录最真实的乡村；唯有真切的感悟，才能描绘和拍出最动人的画卷；唯有用心用情，才能拍出"精品"。

选点串线，拍美"乡村游"

采访的第一站是隆回县岩口镇向家村，这里曾经是一个特困村，交通闭塞，土地贫瘠。自精准扶贫工作铺开后，向家村发生了翻天覆地的变化，基础设施得到全面改造，产业经济迅速发展，村民的幸福指数大幅提升。近年来，向家村大力发展乡村旅游，建有水上乐园、彩虹滑道、露营基地、儿童乐园等十多个旅游项目，已成为集山水田园风光、休闲度假体验为一体的旅游胜地，也成了远近闻名的"网红村"。

一路上，我们都在讨论，从哪个点切入，从哪些方面来报道。这个村的典型人

* 朱品锟，男，现任邵阳广播电视台公共频道新闻部记者。2011 年进入生活资讯频道，从事汽车、房产类专题片的拍摄与制作。参与制作的《好车驾到》《电视售楼部》栏目打开了邵阳市电视销售汽车、房地产的先河。历年来拍摄制作各类专题片上百部，其中参与摄制的《道德模范》《双十最美》等活动专题片成为邵阳的品牌节目。

作者在秧苗基地拍摄

物和事迹很多，每个点、每条线都可以做深入报道。最终，我们选择了与时令结合度最好的切口，那就是乡村旅游。思路定下来后，因没有文稿，没有专门的编导，只能凭感觉拍摄。我们选择了在向家村最高的山峰——牛天岭景区做口播，这里可以俯瞰全村，风景秀丽。

随后，我们在村里跑上跑下，在水上乐园、彩虹滑道、儿童乐园等地选景，坐着观光车盘山而行，并联系到了曾经在外务工、如今返乡开民宿的村民彭述华两口子，录了同期声。

选点串线，经过一天的拍摄，美丽的向家村尽收镜底，特别是采访村民时，他们的脸上总是荡漾着一抹浅浅的笑，透过镜头，可以感知，他们是简单而快乐的，他们是精神富足的。透过美丽的山水人文镜头，一个产业旺、环境美、民风好的福地跃入眼帘。向家村之美，美在自然山水，美在与大自然融为一体的淳朴村民，更美在撸起袖子加油干的精气神。镜头之下，这里的美，从"心"而来。

一镜到底，拍出"自然感"

在隆回县羊古坳镇雷锋村，有一片袁隆平超级水稻高产攻关的试验田，放眼望去，阡陌交通，井然有序。党的十九大代表、该科研基地的负责人王化永是我们采访第二站的采访对象，他今年的目标是冲刺亩产 1200 公斤。

在预约采访的聊天中，他多次提到"中央一号文件"，他说，今年的"中央一号文件"进一步强化了"科技兴农"的重要性。但他是从电视和手机上看新闻看到的，没有纸质档。为巧妙地把"中央一号文件"拍进画面，我们采访出发前，在办公室打印了一份"中央一号文件"。采访时，我们将"中央一号文件"放置在他的办公桌上，采用"一镜到底"的方式进行拍摄。先从展示大厅拍起，然后顺着门进入他的办公室，再将镜头落在办公室上，进而聚焦到"中央一号文件"上。接下来，访谈从"中央一号文件"开始，他围绕这个话题，侃侃而谈。镜头平稳，自然流畅，避免了转场和硬切。

采访中，我们感受到，"超级农民"王化永对农民的职业和脚下这片土地无比热爱，他十二年如一日，蹲守田间研究超级稻，科技强农的梦想闪亮田间。他的"追梦之心"和"坚守之志"，让人感动，而作为采访人员的我们，也因在这一组报道中运用了"一镜到底"的拍摄手法而惬意不已。

长聊不止，拍活"心里话"

新宁县黄龙镇是湖南省首批十大特色小镇、全国脐橙产业重镇。但去年脐橙价格一度低迷，并出现滞销，这可愁坏了果农。我们了解到，为减少果农损失、助农增收，新宁县政府千方百计解决销售难题。我们自然也把这一题材纳入了重点报道范围。

在采访中，我们在一个路口看到，这里停着一辆辆前来收购的大卡车，果农们正忙碌着把积压了一冬的脐橙一筐一筐地装上车。虽然果农们大汗淋漓，但他们脸上露出了久违的笑容。我们采访了几个人，但同期声都不理想，要么像背书，要么没说到点子上，要么话语不鲜活，要么表情太严肃。拍好一个镜头，难呀！后来，我们发现旁边一位中年妇女的长相很有镜头感，于是走过去打听：她叫李仲

作者（左）在新宁县黄龙镇拍摄

梅，去年家里也种了很多脐橙，她家也是政府举措的受益者。但当我架起机子试着拍摄时，她表情与动作就显得不自然了。出镜记者刘炳南挨坐过去，与她聊天，问这问那，在漫无目的的聊天中，尽可能让她放松，我架着机子全程记录。说着说着，李仲梅的表情就放松了，说话也自然多了。后来，她说："过年前，脐橙没卖出去，我们吃饭都觉得不香。春节后，脐橙一路畅销，现在我们每天跳广场舞都特别带劲！"多么本真、鲜活的话语，这正是我们所需要的。这样的同期声，生动传神，一句抵十句。后来，我们这一组的领队袁中科把同期声里的这一句话，做进了标题：《新宁县：脐橙逆袭热销　果农从"吃睡不香"到"跳舞带劲"》，稿子发出后，很多人评价这个标题："很鲜活，嚼味十足！"

镜头之下，果农因崀山脐橙的一路畅销而绽放的笑脸，让我们感受到了这个产业带来的活力。一个小小的脐橙，将迸发出更大的能量，助推当地村民奔向更美、更甜的生活。

在隆回，从向家村到羊谷坳村；在新宁，从黄龙镇到枧杆山村，我们深入乡村，深入群众心里，以带着泥土芬芳的文字和画面，记录了新时代脱贫攻坚与乡村振兴过程中的生动故事。一路行走，一路记录，一路思考，一路收获。

这个春天令人鼓舞，更值得期待。

声音的画面感

曾 珊[*]

以前上学的时候，有一句话令我印象深刻："夕阳西下，乌鸦归巢。"当时我的脑子里一直想不明白：这夕阳到底是什么颜色？是漫天夕阳还是一方夕阳？乌鸦是一只还是一群？归巢是什么场景？

后来偶然看到一幅画，画面上有斜斜的夕阳光，高远的天空中出现一群乌鸦，它们争先恐后，在天幕中灵动扑腾、上下飞跃，而旁边的树杈就是它们的巢窠，难怪它们那么急切、兴奋。顿时，"夕阳西下，乌鸦归巢"

曾 珊

这句话又浮现在我脑海里。这一次却格外清晰、格外生动，更添了一丝美感和情趣。

文字带来的画面感更多的是源自想象，美好固然人人都爱，但如果被画面贻误了人生，那可就是真悲剧了。福楼拜笔下的包法利夫人就是这样。她是一个热爱读书的好少女，不过她喜欢的却是那些画面感极强的小说，于是觉得生活就应该像小说中那样浪漫。结果呢，她在参加了一次舞会之后就彻底难以自拔了，最后把自己逼上了绝路。唐·吉诃德不也是这样？他在弥留之际意识到了自己的问题，最后拉着侄女的手，说永远不要嫁给读骑士小说的人。

进入电台工作后，前辈欧阳小燕老师经常提醒我：声音是文字的二次创作，所以它的最大魅力就是精准表达。

---

* 曾珊，女，邵阳广播电视台综合广播主持人。主持《民情通道》《新闻早班车》《954邵阳新闻》《花季雨季》《读邵阳》等节目。

有一次和朋友聊文学，我找出了元代王冕的一首诗《白梅》：

> 冰雪林中著此身，不同桃李混芳尘。
>
> 忽然一夜清香发，散作乾坤万里春。

朋友是一个对诗词歌赋没有任何兴趣的心理咨询师，最擅长的是理性剖析和逻辑推理。我带着她从看文字，到画意境，再到有声朗读，经过一个比较漫长的过程，她竟开始觉得声音是个很神奇的东西，比文字更甚。寥寥数语，不仅朗朗上口，还真能将画面和情绪活生生再现出来。

随着自己从事语言工作的时间越来越长，声音的塑造和可控已经不在话下，而画面感的营造却成为我最爱的挑战和尝试。

几年前，当时的美国总统特朗普有一个标志性的言论，说要在美国和墨西哥边境建一道墙。那时我的脑海里营造了一个画面：就是美国和墨西哥的边境建起了一条"长城"。这个墙具体是什么样子，特朗普根本不用细说，因为这句话已经给人留下了深刻印象。反之，如果特朗普讲"加强移民控制""加强边境安全"，能记住这些话的人可能就很少了。所以，从这个角度说，营造画面感是提高语言接受程度的一把利器，是一个超有心机的表达方式。

原来，用声音营造画面感是一门技术。

女儿很喜欢诗人金波写的《风筝》，诗歌讲述了作者捡到了小邻居用不及格的考试卷糊成的一只风筝。诗歌最后一句是："明天，我要约他去春游，顺便送还他这只风筝。"我带着女儿一起做了试验，如果这个作者是拾金不昧的、善良的，这句话就可以亲切、平和地表达；如果作者是抱着恶作剧的心态，那就是俏皮的、跳跃的声音状态。

不管怎么说，用声音来营造画面感，表达的效果肯定会事半功倍，对增加自己的表达力、说服力一定是有益无害的。

但同时，我们还得保持定力，尤其在被画面感极强的声音吸引或者打动之后，还要保持一颗清醒的头脑，兼听则明吧！

心中有感动，脚下有力量

陆文宇 *

我是一个北方人，以前对南方的农村了解不多。工作一年多来，参加过多次下乡采访，也做了很多场外景主持，但仍感觉自己很稚嫩，要学习的东西太多了。这次"走基层"，我在感受美丽乡村新变化的同时，自己也收获了成长。

陆文宇

我们"小分队"来到城步苗族自治县和绥宁县。刚参加工作那会，这两个县我都去过一次，听当地村干部说，很多村以前都是深度贫困村，基础设施等都很不完善。但这一次的走访，让我有了极大的触动，没想到当年的贫困村，在短短几年的时间里，蜕变成为现在的美丽新乡村。

今年 2 月底，"2021 中国县域电商竞争力百强榜"发布，城步苗族自治县上榜。很遗憾，在城步采访时，未能采访到当地的网红主播——全国脱贫攻坚先进个人杨淑亭，因为她当时正应邀出席在北京召开的全国脱贫攻坚总结表彰大会。我们来到了杨淑亭的湖南七七科技股份有限公司，员工们正在这里集中收看全国脱贫攻坚总结表彰大会的现场直播。我们也和他们一起分享了这份喜悦。收看完电视直播，员工

---

* 陆文宇，男，2019 年入职邵阳广播电视台，担任融媒体新闻中心主持人，《三区播报》《武陵纵横》等节目的配音、出镜，曾主持《文旅邵阳》等节目；2019 年获"小米双十一"直播挑战赛全国 15 强，全国优秀电子商务讲师，2021 年获邵阳市科普讲解大赛一等奖。

们有感于公司董事长杨淑亭又一次获得国家级荣誉，情不自禁地唱起了山歌。

随后我们一行又来到了城步电商产业园，采访城步县爬爬文化传播有限责任公司主播李杨。当时，她正在直播间卖当地的特色红薯粉，我以前接受过直播带货的专业培训，获得全国电子商务讲师资格证，并获得"小米直播挑战赛全国15强"，因而，有幸与她一起直播了一场，那感觉非常棒。直播结束后，她告诉我，她们现在的品牌叫"乡村芝麻官"，是因为有两个县的副县长为他们"代言"。

电商为城步插上了腾飞的金翅膀，曾经的贫困乡村也有了发展的新引擎，城步由"一步之城"蝶变为"天下城步"。边远的山城、崎岖的山路，不再是向往美好生活的屏障。

城步风光

作者（右二）采访贫困户

城步的采访完成后，我们又来到了中华杂交水稻制种第一县——绥宁县，我在袁隆平老先生题词的石碑前留了影，真的感觉意义非凡、不虚此行。

采访中，我们了解到，村民从事水稻制种产业相对来讲收入较高，每亩可获产值 4000 元左右，而种普通水稻每亩大约 1800 元，制种一年的收益相当于种植水稻 2~3 年。而且近年来绥宁县大力推广杂交水稻全程机械化制种技术，在机耕、机插、飞防、机收、机械烘干等制种生产过程中实行全程机械化，减少劳动力和农资投入成本，增加制种效益，为种植户增收奠定了基础。但如果水稻种子收割时，碰到雨水天气来不及晒干就容易发芽，影响品质。为此，他们今年就购置了一大批水稻种子烘干设备，解决了全县甚至周边县市的种子烘干问题，为周边的种植户们解决了后顾之忧。

一路采访，一路收获。我在乡村振兴的铿锵步伐中感悟媒体人的责任，也感知自己的缺陷和不足。记者也好，主持人也好，只有深入基层，心中才会有感动，脚下才会有力量。乡村振兴并不会一蹴而就，记者能力水平的提高也不会一蹴而就。时间是最好的成长器，但愿再过几年，我再次来到这些乡村采访时，这里的变化更加惊艳镜头。

到基层去吸收养分

郝雪峰 *

郝雪峰（左）

2021 年是建党 100 周年，是"十四五"的开局之年，也是全面建成小康社会、实施乡村振兴的第一年。邵阳有太多可歌可泣的红色故事，在脱贫攻坚的战场上，在推进乡村振兴的征程中，也有太多的先进人物和感人事迹，作为一名主持人，到基层一线和新闻的第一现场去吸收新的养分，是一门必修课。

阳春三月，邵阳广播电视台全媒体记者分成 6 组，奔赴各县市区开展"激扬'十四五'，踏春开新局"大型"走基层"采访活动。我在邵阳广电工作 2 年了，外出主持的次数很多，可真正"走基层"还是第一次。在演播室待久了，很容易变得"飘"起来，不接地气，想当然地把稿件中的世界当作真实的世界。其实，稿件中描绘的场景对我来说，永远是抽象的，没有温度和色彩，感受不到真情。只有全身心地去触摸土地，去呼吸基层的新鲜空气时，才明白稿子里有我读不到的情感。

当我站在油茶苗圃基地里，看到作为驻村书记的大学教授在田间聚精会神地查看油茶苗的生长情况，全然不顾鞋子是否进水、衣服是否打湿时，我才明白曾经的贫困户是怎么乘着产业的快车顺利脱贫的；当我走进宝瑶村，看到村民建起自己的

* 郝雪峰，男，邵阳广播电视台公共频道《第一线》《产业兴邵》栏目主持人。2020 年获"湖南省播音主持作品一等奖"。

小楼房，乡村客栈经营得有模有样，鸭群鸡群漫步于阡陌时，我才明白脱贫攻坚对百姓的影响有多大；当我走在油菜花田里，看着种植户满脸笑容地讲述他们的生活发生了翻天覆地的变化时，我才明白他们有多么渴望美好的生活。没错，这些都是我在演播室和录音棚里感受不到的。

作者在洞口县宝瑶村采访时体验生活

这次采访活动，我有幸和杨艳容副总监一起搭档。有着二十多年工作经验的她，总能快速而准确地把握住采访的重点，我总是被她饱满的工作热情打动。最让我佩服的是她的现场应变能力，在武冈市遇到时任市长唐克俭时，是我们始料不及的。令我惊讶的是，唐市长每到一处参观点，都会四处喊"杨记者"，他们两人能够像相识多年的老朋友一样轻松愉快地交流。此时，我深深地觉得，当一名记者有了足够的阅历和资历，任何采访对象都愿意对他"倾诉"，把他当成最信赖的交流对象。

这次"走基层"，让我有了新的认识，不要坐在镜头前与世隔绝，而要经常走到基层，走到百姓身边，亲身感受他们的声音和情绪，在播音时才能真正地感受到溢出稿子的情感。

接地气是新闻的生命力

李　晨[*]

在新媒体快速发展的时代，新闻报道只有贴近生活，接地气、冒热气，才能具有传播力、生命力，才能走进受众的视野，才能走进受众的心坎里。

此次全媒体记者"走基层"，我所在的小组首站来到洞口县宝瑶村。初春的宝瑶在细雨中显得神秘、古朴，我们跟着老村长探寻了湘黔古道，并找到了电影《古道西风》拍摄点，进行了一段情景模仿，随后以主播出镜的形式，用镜头让宝瑶村的每一块砖墙、每一颗石头、每一片叶子都会"说话"，诉说着宝瑶村的前世今生和风土人情。

随后几日，我们在洞口县的茶油基地、武冈市油菜花节的筹备现场采访，虽然鞋子被水浸泡开了"口"，衣服拧得出水，但我们的镜头却被泥土浸润出了独特的芳香。

在以前的采访过程中，我们经常会有"想当然"的心理，仅仅凭自己的想象下定论，可是真实的场景并非如此，真实的就是真实的，是需要亲眼看、亲耳听、亲身感受的。

俯下身子、眼睛向下，会有不一样的发现。这次"走基层"，对记者来说，也是一次历练和成长，每个参与的人，都有着很多的变化。我有意识地观察着同事们，发现大家的状态和平时在办公室是不一样的，就算很累了，大家也都很专注地做事，都发自内心地开心，精气神是饱满的。采访中，为拍好一个镜头，摄像记者

* 李晨，男，邵阳广播电视台公共频道《邵阳城事》《产业兴邵》等栏目摄像记者，擅长人物拍摄，参与多届"道德模范""邵阳好人"等大型活动的录制摄像与直播摄像。

作者（左二）在聚精会神地拍摄

完全不顾形象，有的蹲在地上，有的跪在草丛里，有的弯腰在田地里，有的甚至趴在了公路上……和当地老百姓交流时，大家的语言更加朴实，说的都是家常事，拉的都是家常话，言语间少了书生气，多了一份乡土气息。

新闻价值有地理和心理的接近性，一篇新闻报道要想获得"共鸣"，就得走进群众心里。记者采访时就得用心与群众交谈，倾听他们内心最真实的想法，以心换心、推心置腹。采访对象说出的"心里话"，正是观众关注的、喜欢的，也正是我们应该挖掘的、宣传的。

让采访更接地气，让新闻更接地气，我们一直在路上，一直在努力。

"奶爸"的坚强

李　疆[*]

在"激扬'十四五'，踏春开新局"大型全媒体记者新春走基层活动期间，老婆生了个大胖小子，我又成了"奶爸"。

因怕影响工作，我装作云淡风轻的样子，随口跟大家提了句老婆生娃的事情。其实，我内心紧张得很，在出差的路上，我差点用眼睛把手机给"点燃"了，因为手机上有萌娃的照片。真想陪在娃身边啊！不行，我要给娃树立一个爸爸努力工作的形象。真想陪在老婆身边啊！为了工作，我不能影响团队，拖后腿。

在拍摄玉竹种植基地时，我拿出了飞行器，为了取得更好的效果，将种植基地的水面景观拍摄下来，我尝试着操纵飞行器低空贴水面飞行，没想到水面吸收了反射声波，造成飞行器定位失灵，差一点跌落水中。还好，我眼疾手快，及时边跑向飞行器，边调整了飞行方向，但自己却重重地摔了一跤，脚踝肿起好大，同事周超群赶紧跑过来，问我有无大碍，我顿了顿神，摇摇头，回答道："没事，回去喷点云南白药就好。"

来到邵东拍蔬菜大棚时，禹剑阳冲进自动喷灌的农田拍摄，我拿衣服替他挡住喷射的水滴，同时也保护了摄像机。他拍摄很投入，高个子的我一直这样弯腰帮他用衣服挡水，一通拍摄下来，腰酸背痛，但想想家中的嫩娃，又浑身充满了力量。

住在医院陪护老婆孩子期间，由于晚上没有休息好，我感冒了。当天在采访的

---

* 李疆，男，二级播音员。2007年大学毕业，先后在湖南卫视、湖南经视、江西电视台、邵东电视台等单位工作。2012年进入邵阳广播电视台，先后在主持人、编导、记者等岗位历练，现为《邵阳新闻联播》时政记者。曾获湖南电视广告信息节目奖二等奖、湖南广播电视奖三等奖。

作者（右二）在蔬菜大棚内采访

时候，我带了药在身上，吃药时，被超群和小蒋两位同事给偷拍了，他们把照片发到采访群，群里一片"注意龙体"的关切之声，让我很感动。

很多采访需要下乡，家里有妻儿需要照顾，那段时间，我多处奔忙，确实很忙很累。好在我习惯了一个人默默抗压，我妈说，男人不能叫苦，有事要学会自己扛。进入广电九个年头了，主持、策划、编导、编辑、记者等岗位都做过。不同的岗位，各有各的挑战，一直以来，我都从容走过，轻松应对。我一直很喜欢这个大家庭，大家给我点薄面，总喊我"疆哥"。所以遇到啥问题，我也尽量当好大家庭里的"兄长"。有啥活动，风里雨里，总是第一时间赶去，有什么需要向外争取的，我也硬着头皮，拿出攻坚克难的劲，努力做好。

在家里，我是两个娃的爸爸，每天一睁开眼，周围都是要"依靠自己的人"，但男人就应该像一座山，成为别人的依靠。

当农业遇上高科技

马莉莎 *

作者（右一）在采访

"赵站长，今天参加这个农业生产现场展示会可算是长知识了，农业黑科技真是厉害！"

"小马，这可不是农业黑科技，这只是我们农民的常规机具而已，一般合作社都有的。"

这是我 4 月 19 日在采访于邵阳县举办的 2021 年邵阳市春季农业生产现场演示会活动后，与双清区农机局赵宁站长的一段对话，印象中，农业更多的是靠人力，没想到如今在我的家乡，农民们早已用上了各种高科技农具。科技，现在成为乡村振兴的有力支撑。

翻耕机和插秧机欢快的马达声在农田里轰响，不一会儿，一块不小的农田就插满了秧苗。不仅可以媲美人工插秧的行间距，更可抵得上一百多个人工，大大节省了人力成本，提升了种田效率。最让我惊奇的是植保无人机，在农田演示时，托着 20 公斤重的水箱，里面装满了农药，工作人员通过地面遥控器及 GPS 定位对其实施控制，在一二十米的低空中进行喷洒农药演示。

* 马莉莎，女，2007 年入职邵阳广播电视台。先后在交通频道、经济广播（原音乐频道）担任过主持人、记者。论文《弦音雅韵通人心——浅谈中国民族乐器的性格》获湖南广播电视奖一等奖；作品《经典也流行》获湖南省优秀广播电视播音主持作品三等奖。

这次采访，我把目标瞄准了邵阳县五峰铺镇大田村的种粮大户赵延华，这是一个黝黑壮实的中年汉子，笑起来有些腼腆，说话却底气十足。我表明了身份，希望他能空出一点时间接受我的采访，他非常爽快地答应了，和他的沟通十分顺畅。他以前是个帮人打零工的农机手。在国家实施种粮补贴与农村"土地流转"大好政策的激励下，他从 2008 年开始承包种地，逐年增加种植面积。他还牵头成立邵阳县子农水稻种植合作社，并雇请了 20 多位当地农民"上班"种田。种粮面积从刚开始的 72 亩增加到现在近 4000 亩。说起这些时，他开心得像个孩子，"目前，我们是全县智能化、机械化程度最高的一家合作社，每年育秧 300 亩左右。"我问道："今天演示的这些农机，到底有多少农民会购买使用呢？"他说："现在国家对购买农机都有补贴，所以新型农机已经成为我们农业生产的主力军了！"

原来，现代农业机械化的宏图，就展现在我们身边，更早已走进了我们的生活。这次采访，着实让我内心震撼，农业农村现代化是实施乡村振兴战略的总体目标，要加快这一步伐的进程，还必须有更多人才回到农村来，加入振兴的行列，变身现代化的农民，投身到这系统性的事业中来。为了让更多的人知道、关注农业现代化，我当天发了一篇题为《推进农业现代化！2021 年邵阳市举办春季农业生产现场演示会》的稿件，不仅在节目中播出，还发表在公众号中，为更生动地展示各种现代化农机用具，又连夜加班制作了《邵阳农民配置有多高？》的短视频在抖音和视频号上播出。短短 1 天内，点击量就

抛秧机在田间作业

达到近 10 万，网友们纷纷留言评论："太先进了！""搞得我都想种地了！这高大上……""没想到连我们邵阳的农业也是高科技了，中国加油！"

是啊！农业稳，天下稳；农民安，天下安。农户必须和现代化农业衔接起来，毕竟，小农户富了，乡村振兴的获得感才更实、更强！

这次采访，我感受着浓郁的乡土气息，更感受着科技农业的无穷魅力。在乡村振兴战略的大背景下，如果能拆掉农田和科技之间的樊篱，实现科研与实践的双向互动，让农民解放双手，用科技改变目前的农业生产方式，这是交到农民手中的最好的答卷。农业科技的发展日新月异，相信到 2050 年，我们的乡村将全面振兴，真正实现农业强、农村美、农民富。

乡村振兴在路上，作为记者，我们也一直在运镜和运笔的路上。

做"三勤"记者

石金玉 *

时光荏苒，岁月如梭。从 2009 年进入邵阳城市报社，加入广电的大家庭，已经 12 个年头。从一个初出茅庐的"新人"成长为一名冲锋在一线的民情记者，一路走来，最大的感悟和收获就是——只有做一名"三勤"记者，才能适应时代对媒体人的新需求。

石金玉

好记者，需要勤动脚

好稿子是用心血堆积的。采访的第一关，首先得脚板勤。

2020 年，我被抽调到市扶贫办新闻专班，工作重心由原来的民生报道转为全市的扶贫宣传。为了更深入地了解扶贫工作，我主动要求和扶贫办的同事们一起到各贫困县区督察。当时正值炎热的夏季，每次的督察任务都十分繁重，需要每天 8 点出发，走访三四个贫困村几十户贫困户，晚上回酒店还得整理一天的工作情况，整个过程非常考验人的精力和意志力。但通过几个月的实地走访，我掌握了第一手扶贫资料，为我和专班的同事一起发掘扶贫先进典型、介绍扶贫经验提供了大量的好素材，因此我们写出了不少有影响力的稿子，为全市的扶贫宣传工作添砖加瓦，贡

---

* 石金玉，女，1985 年出生，本科学历，毕业于湖南省大众传媒学院新闻学专业，2009 年入职邵阳城市报社。主创的通讯《"无妈乡"里当"妈妈"》等作品获湖南广播电视奖（报纸类）等奖。

献了力量。

这一段扶贫专班工作经历让我感触良多：新闻在路上，有新度、有深度、有高度、有影响的报道一定是走出来的。无论时代怎么发展，勤动脚始终是一个记者应该坚持、坚守的基本功。

好记者，需要勤动手

俗话说得好，"好记性不如烂笔头"，做一个合格的记者，除了勤动脚以外，还要勤写稿、多写稿。

随着现代科技的不断进步，媒体的传播方式不断更新，新闻稿件的形式也越来越多样化。但作为传统的纸媒，报纸文稿仍需要严谨性和专业性。作为一名民情记者，稿件观点更需要客观公正。有一次，我接到市区某楼盘业主的投诉，反映停车费不合理和违规乱建等现象。我深入走访了小区业主、物业、开发商和当地政府及主管部门，第二天完成了初稿。随后，我在详细查阅资料和咨询律师后，又对该稿件进行了修改。最后，在单位领导的指导下，我第三次对稿子进行了修改。稿件发表后，引起了有关部门的高度重视，开发商和业主妥善解决了问题。

通过多年的民情采访，我深有体会：做稿子，必须要做深入的采访，文稿所反映的情况要准确无误。

好记者，需要勤用脑

这是一个信息爆炸的时代，也是一个人人都可以做自媒体的时代。作为传统的媒体人，如何应对新媒体的挑战？根据这两年的工作心得，我认为媒体人需要勤动脑、勤思考，不断转变观念，不断学习新媒体传播方式和制作理念，从而找到新的机会和舞台。

近年来，我关注了不少短视频平台上的官方号和个人号，留意到一个现象：国

"走基层"记者挥汗如雨,只为拍出最好的画面

家和政府官方主流媒体的视频号影响力越来越大,同时这些视频号也越来越接地气,在吸粉和有效传播之间花费大量心思,做足了文章。

近年来,邵阳广电也在不断探索,通过各媒体融合实现新闻产品升级、产业升级。在这个大背景下,如何加快自身融合转型的步伐是每个邵阳广电记者的首要任务。通过对抖音、快手等短视频平台的研究观察,我觉得自己和报社都应该多学习外地媒体的先进经验,结合自身实际,大胆尝试,做出有自身特色的新媒体产品。

作为邵阳广电人,我想:只有做一个勤动脚、勤动手、勤用脑的的"三勤"记者,既保留传统媒体人的优良传统,又不断学习和转变新的媒体思维,才能适应现代化社会对媒体人的要求,更好地实现自身的价值。

走下去，让每一次记录都有价值

何叶婷 *

今年开春，邵阳广播电视台全面启动"激扬'十四五'，踏春开新局"大型新闻行动。作为一个常年走基层的记者，看到身披"广电蓝"的同事们兵分数路，整装待发，有点按捺不住内心的激动。

基层，是新闻报道永不枯竭的源头活水，我们每一次扛着摄像机深入田间地头、厂矿社区，每一次用心倾听群众心声，每一次用双脚丈量乡村变化，每一次用镜头捕捉时代变迁……每一次"走下去""沉下来"都是一场激荡心灵的旅程，每一次记录都有价值。

2019 年，公共频道筹办《产业兴邵》栏目，我和另一位同事被"委以重任"，负责栏目的编导。乍听到"产业兴邵"四个字，我脑海中搜刮出来的只有"二中心一枢纽""湘南湘西承接产业转移示范区"这些存在于政府文件和时政新闻的词汇，毕竟在这之前，作为民生新闻记者，我接触工业经济领域不多，对邵阳产业发展情况知之甚少。好在，长期在一线摸爬滚打，多少磨炼出一点当"杂家"的技能。接到任务后，我马上投入到前期准备工作中，找文件、搜政策、查阅相关报道，初步了解这些"理论"之后，接下来就是去"实践"中检验。在邵阳市工业和信息化局的引荐下，我们走进了邵阳经开区的特种彩虹玻璃、三一重工、邵纺机、拓浦精工等企业，深入工厂车间，现场访问企业负责人、工程师、工人，深切感受到了邵阳产

* 何叶婷，女，有着 8 年的记者、编导经历，先后参与《港句老实话》（又名《讲句老实话》）《邵阳城事》《产业兴邵》等栏目的筹建和编导工作。《讲句老实话》曾获 2014 年度湖南广播电视奖优秀栏目一等奖，《产业兴邵》获 2020 年度湖南省广电局创新创优扶持奖。

业发展的惊人速度和可喜变化。

定位、抓取、转身、伸臂、码放……在彩虹玻璃、拓浦精工、邵东智能制造技术研究院，我看到以前需要工人们数千次机械、枯燥地重复的动作被机器人手臂所取代，一个工人可以同时操控数台机器人，不仅解放了一线工人的双手，企业产能也得到了大大提升。不知不觉中，邵阳制造业已经从最初的手工时代，到半自动化的技工时代，正朝着智能化的机器人时代迈进，用新技术和智能化设备实现企业、行业的转型升级。

经过前期深入基层的实地走访，我们对做好《产业兴邵》这个栏目多了几分底气，甚至有些迫不及待地想通过我们的镜头让更多的观众了解邵阳的产业发展。

"二纺机"——邵阳纺织机械有限责任公司的前身，在走进它之前，我对它的印象仅仅停留在市区一个耳熟能详的地名。我们走进"退城入园"后的"纺织新城"，在忙碌的生产车间，全国人大代表、邵纺机副总工程师吴继发跟我们聊起，在抗击新冠疫情的紧要关头，邵纺机力排万难、自主创新，仅用63天就完成了国资委下达的15条熔喷无纺布生产设备的制造任务，为全国疫情防控贡献了自

作者（右二）"全副武装"在无尘车间采访

已的力量。这是他们"纺机人"的骄傲，也是邵阳的骄傲。

刘纯鹰——泰国湖南商会会长，在我采访他之前，他早已是名声在外的邵商传奇人物，他将自己在泰国开发经营工业园区的工业地产模式带回邵东，创办了隆源中小企业创业园。当我们跟随他走进园区宽敞、亮堂的标准化厂房，他欣喜地告诉我们，邵东一大批原来是家庭作坊式的箱包企业，在产业园的带动之下，更新了设备和技术，甚至引进智能制造技术，提升了质量和销量，不少企业还走上了海外发展的道路。如今的邵东箱包产业，企业集聚上规模，日益完善产业链，转型升级势头明显加快，"专业""高端""智造"等新标签正在为"邵东货"正名。

沿着沪昆百里工业走廊，我们的足迹遍及邵阳大祥区、双清区、北塔区、经开区及 7 县 2 市，认识了很多像刘纯鹰一样反哺家乡、建设家乡的邵商，他们选择把企业落户邵阳的背后，除了一份回报家乡的情怀外，更是邵阳营商环境日益优化的缩影。

邵阳在"十三五"发展规划中首次提出了"二中心一枢纽"的发展战略，所谓的"一枢纽"指的就是全国区域性交通枢纽，这不仅能促进全市经济社会发展，还能为提升百姓生活水平创造条件。短短几年时间里，邵阳抓住发展机遇，强公路、畅铁路、建机场……全面开花，一路向前，使邵阳逐步从全省的交通死角蜕变为一个四通八达的通途之城、枢纽之城。尤其是 2018 年 12 月 26 日，怀邵衡铁路正式通车，邵阳正式融入我国东西向的"沪昆"、南北向的"京广"两大高铁大动脉，沿途设站的邵东市、隆回县、洞口县、邵阳县等也焕发了新的生机。我们采访的不少外地客商，不止一次跟我们聊起邵阳日益便利的交通条件——湖南宏得电子科技有限公司董事长张铭是广东人，他笑称："我经常是早上在深圳喝个早茶就出发，中午在邵东吃中饭，晚上又可以坐高铁回深圳。作为一个城市，我觉得邵东现在和深圳在某些方面已经相差无几。"

筑巢引得凤归来。老工业基地改造、娄邵承接产业转移示范区、呼南高铁客运专线等一大批事关长远发展的大项目正在逐步建设。"创卫""创文""创森"工作如火如荼，"邵十条""市场监管 30 条"等利好政策相继出台。在第五届全球邵商

作者（右二）在采访

大会现场，几乎每个参会的邵商谈及家乡的变化，都喜上眉梢，无论是交通条件、市容市貌，还是政务服务、招商政策，这一系列的可喜变化都离不开邵阳全市上下的勠力同心、激扬奋进。

跟随《产业兴邵》的镜头，我们不断追逐"产业兴邵"的脚步，捕捉邵阳产业腾飞的高光时刻，记录邵阳日新月异的高速发展，见证邵阳开放崛起的时代巨变。作为一名广电人，我们有幸深入一线，用笔和镜头记录下了这座古老而有活力的城市正在发生的每一点变化，用心感受着"美丽邵阳"奏出的每一篇动人乐章。

为有源头活水来

华代武 *

华代武

2021 年新春伊始，邵阳广播电视台策划组织了"激扬'十四五'，踏春开新局"全媒体新闻行动。一篇篇鲜活的报道、一个个生动的新闻故事、一群群奔向幸福的人、一句句洋溢幸福的话，无不给人以清新、幸福、生动的感觉。再加上电视、广播、报纸、网站以及客户端多平台、立体式集中发布，从不同侧面反映了邵阳脱贫攻坚战场取得的伟大成果以及"十四五"擘画出来的宏伟蓝图，各地干部群众在乡村振兴与建设现代化新邵阳的新征程中展现的新担当、新作为，给受众留下深刻印象，也彰显了广电媒体人的责任和担当。

"问渠那得清如许，为有源头活水来。"新闻作品，贵在清新的真实，贵在与受众形成共鸣。老八股式的新闻，传统的采访播报方式，在人人都是自媒体的时代，很难吸引受众的眼球。"走基层"系列报道，因为既有温度又有一定的深度和高度，显得"高端""大气"。南山国家公园建设、邵阳县的"绿色银行"、洞口的"三棵树"、绥宁播撒希望的种子以及隆回冲刺亩产 1200 公斤的"超级农民"王化

---

* 华代武，男，文学学士。2002 年进入邵阳电视台，先后在都市频道、公共频道、生活资讯频道、新闻综合频道和综合广播从事新闻采编工作。现任邵阳广播电视台综合广播编辑部主任。多篇作品在省、市获奖，曾获评邵阳广播电视台优秀编辑记者、优秀共产党员。

永等，这些虽不是独家的新闻题材，甚至以前也曾报道过，但是通过现场出镜报道，特别是在"十四五"开新局的关键时期推出，仍然吸引受众，给人以积极向上的力量。

系列报道诠释了"信仰之美"。系列报道中的每一篇都体现了采访对象心中的信仰，这种信仰才是新闻能够给人以鼓励、能够"以文化人"的根本。"超级农民"王化永的采访报道，不仅反映了新型农民要将"饭碗端在自己手里"的努力，通过不断冲刺一个又一个新目标，从一个侧面也反映了不同行业中的千千万万个"王化永"，在不同领域为了中国的富强而不懈努力。《新宁县枧杆山村：变废为宝　致力打造乡村振兴的"院落景观化"样本》，反映了广大驻村帮扶干部在发展乡村经济的基础上，利用专业知识建设美丽乡村，自己的才华得到了体现，群众更是得到了实惠。以"小家美"带动"大家美"，"院落景观化"给村民带来的，不仅仅是舒适的环境，还有精神的富足和满满的信心。

系列报道展现了"方向之美"。《雪峰古瑶寨：绽放"最美"的幸福》。一个远在深山中的千年古瑶寨，如果不是国家脱贫攻坚的大好政策，其千年风霜浸染，沉

绥宁花园阁风光

淀下来的人文之美、生态之美、内涵之美，仍会因交通闭塞、与世隔绝而养在深闺无人知。然而，精准扶贫的浩荡春风吹进瑶寨，国家政策照亮干部群众的心灵，让他们看到前进的方向，古瑶寨发生了翻天覆地的变化。洞口县罗溪瑶族乡人大主席、宝瑶村第一书记杨长义这样表示："班子团结才能凝聚力量，才能有凝聚力。"宝瑶村党支部书记、村主任舒炉宝说："借这个乡村振兴的东风，把我们的这个乡村旅游更上一层楼。"武冈市心系"国之大者"，把粮食安全作为一项政治责任，"记在心上、扛在肩上、抓在手上"，确保全市农业农村工作持续向好。时任武冈市委副书记、市长唐克俭说："首先是要扛起政治责任，粮食生产大县的政治责任。"

系列报道彰显了"发现之美"。都说"生活中从不缺少美，而是缺少发现美的眼睛"。作为媒体人，生活中从不缺少好新闻，缺少的只是发现好新闻的眼睛。怎样去发现好新闻，一个基本要求就是坚持"走""转""改"。走进基层，了解掌握第一手新闻素材，从中发现最亮的新闻点；转变工作方式，转变写作文风，变采访报道的常规手法，与时俱进采用新型采访报道方式，接地气，增加新闻亲和力；改变老八股的新闻报道方式，才能"吸粉"无数。

这次"走基层"大型采访报道，正是"走""转""改"的一次生动实践，也必然会成为邵阳广电一次媒体融合的大练兵。

菜花乡里说丰年

申巧凤 *

在"十四五"规划开局之年，邵阳广播电视台开展"激扬'十四五'，踏春开新局"大型全媒体新闻行动。作为参与采访的一员，我有幸见证了身边的那些"变"与"不变"。

血脉里的眷恋

人勤春来早。还未过正月十五，年味儿还未散去，邵阳市双清区两塘村的田间地头已经有了不少劳作的身影。年前移栽的莴笋苗已经扎进泥土，恣意吸收着土壤里无尽的养分。劳作了大半个上午，村民们的额头上早已冒出黄豆大小的汗珠。两塘村二组的姚细美用力一挥，手里的锄头深深挖进土里，她缓缓走到田埂边，脱去身上的毛衣，"咕嘟咕嘟"喝了几口水。以前，她是两塘村有名的菜农。如今，成了村里蔬菜基地的头号员工。

今年 59 岁的姚细美和大多数这个年纪的农村妇女一样，一辈子都在和土地打交道。随着时节气候的变化，年复一年，早出晚归，姚细美在有限的土地上一轮又一轮地播撒着种子，春天的菜花、夏天的丝瓜、秋天的秋葵、冬季的萝卜……除了自家桌上从未断过的应季蔬菜，她利用得天独厚的近郊优势，将新鲜的蔬菜挑到

---

* 申巧凤，女，1996 年出生，2019 年 4 月入职邵阳广播电视台，现任经济广播（原交通频道）拓展部副主任。先后参与"双十最美"、抗洪抢险、疫情防控等重大宣传报道；2019 年获评频道"优秀员工"，2020 年获评邵阳广播电视台"优秀记者"。

作者在贫困户家中采访

城里的市场上，换来一家人的生活所需。这片土地哺育了她，也让她将孩子拉扯大，对姚细美来说，村庄、家园和脚下这片土地的情感，是与生俱来的，也是融入骨血的眷恋。

掌心里的踏实

每天清晨，姚细美总是准时出现在菜地里，肩上的锄头跟了姚细美十几年，经过汗水的浸润和手上老茧的反复摩擦，早已抛出了光。

"趁着自己能做事那还不多做些，靠天靠地不如靠自己啊！政府给吃的那是政府好，但真正的好日子还是握在自己手里踏实！"

政府的扶贫政策再好，也不如自己"一个汗珠摔八瓣"干出来的踏实，做了一辈子农民的姚细美从来就没放下过手中的那把"锄头"。种子播下，天气转凉，她会半夜爬起来去地里盖上塑料膜；许久没下雨，她就从水塘里一肩一肩把水挑到地里，和着汗水灌溉每一寸土地；过了霜降，地里打了厚厚一层白头霜的蔬菜冻得人手指发疼，她却乐呵着想着打了霜的菜好吃，能卖个好价钱。在她心里，只要菜还在长，自己还握得动那把锄头，就是安全感。

眼眸里的希望

辛劳一生，上天似乎没有给姚细美太大的眷顾，几年前她的丈夫因病去世，女儿被查出白血病，带着孩子回了娘家，这对原本向好的生活来说，无疑是一道晴天霹雳。

地里的蔬菜得继续照料着，还有这一大家子需要照顾，时间哪里够用？卖菜的收入也不够稳定，女儿治病的钱从哪里来？一道道难题摆在姚细美面前。

这时，村里的蔬菜基地给姚细美带来了希望，身边越来越多的乡亲告别传统的分散种植模式，将土地流转承包给天宇农业科技开发有限公司，以在基地务工的方式实现了家门口就业，姚细美也加入其中。

上午除草松土，下午采摘蔬菜，每月能拿上3000多元的稳定收入，姚细美做梦都没想到，这辈子还能有把种菜干成正式工的一天。

"我以前每天凌晨4点多就要起来摘菜、洗菜，挑着担子赶班车，还不知道一天能卖多少，现在我也是拿固定工资的人呢！只管把菜种好，其他不要操心了。"

除了在蔬菜基地打工，姚细美还能在基地领上免费的种苗，保证自家口粮，吃不完的，基地还能免费代销。日子虽然算不上富裕，但村干部和基地老板隔三差五地嘘寒问暖，国家政策应享尽享，也让姚细美的眼中重新燃起了对生活的希望。

一路行走，一路收获

黄海斌 *

黄海斌

蓝色是充满希望的颜色，"广电蓝"更是拥有无限能量和可能的颜色。2021 年伊始，邵阳广播电视台开展"激扬'十四五'，踏春开新局"全媒体记者走基层活动，我有幸作为其中的一员参与了此次集中采访，感触颇多、收获颇多。

走一路，学一路

此次走基层集中采访活动，我们小组负责的是三区的采访。虽说新闻采访是我们每天的工作，但真的要沉下心来做一条好新闻却不是一件容易的事。

此次走基层活动，可以说是走了一路，学了一路。让我最为感动的是咱们广电人精益求精的工作态度和敬业精神。为了做好每一条稿件，有着几十年丰富经验的组长卿玉军给了我们最细致的指导，前期沟通协调、确定主题、撰写提纲、确定采访对象、正式采访，后期撰稿制作等，每一个环节都力争想得更细、做得更好。摄像师刘奕岑的工作任务也很重，因为所有的拍摄工作都由他一人完成，在采访现

* 黄海斌，女，现任邵阳广播电视台综合广播新闻部主任。从事新闻采编工作十余年，曾参与过全市各类重大活动的新闻采访报道工作，采写的《百万富翁返乡义务做村官》《爱洒"红心林"》等作品获湖南广播电视奖三等奖；多次被评为邵阳广播电视台"先进个人"。

场，总能看到他忙碌的身影，拍完一组镜头，他总是会喊我们再一起看看，如果有些细节没到位，就立马再重新拍摄一次，常常采访还没有结束，他就已经满头大汗，甚至衣服也被汗湿了。还有几位 90 后的年轻主持人和记者，他们充分发挥了年轻的优势，在采访中的亮眼表现让我学到了很多东西，也让我更深刻地明白了学无止境的内涵。

在北塔区采访志愿服务时，我们深入到村和社区采访志愿服务活动的开展情况和效果。北塔区资新社区的"玖玖红"爱心食堂，解决了社区孤寡老人和空巢老人的用餐问题，正在用餐的老人脸上一直挂着笑容，并连声跟我们说着"很满意"，那一刻，我更深刻理解了记者的意义。作为一名新闻工作者，要"走出去""沉下去"，新闻采访报道更要"贴近实际、贴近生活、贴近群众"。一方面，我们要深入一线，将实实在在的便民利民举措广泛宣传开来，将人民群众越来越好的生活真实地反映出来；另一方面，通过新闻报道，将这些好的举措宣传推广，让更多的市民能够享受到这些惠民举措。

干一行，专一行

2021 年是我从事新闻工作的第 11 个年头，虽说积累了一定的经验，但更感受到了巨大的压力。

如今，媒体融合势如破竹，新闻资讯不仅要快、要准，还要有创意、有新意，新媒体时代的新闻工作者，首先要转变观念。我认为，融媒体不是媒体间的激烈竞争，而是步调一致、强强联合。2021 年邵阳市"两会"期间，邵阳广播电视台融媒体记者首次以团队的形式亮相，并送上了精彩的融媒体大直播。在此次直播中，电视、广播、报纸、新媒体各自发挥自身的优势，并将各自优势融合在一起，策划了从新媒体预热、联动直播到精彩回顾的宣传模式，几十位代表委员参与到直播访谈节目中，取得了良好的宣传效果，得到了社会各界的一致好评。我邀约的几位参与直播访谈的人大代表，又在邵阳广播电视台"爱上邵阳"客户端看到了

自己访谈的视频链接，还特意给我发了微信表示感谢，并连连称赞邵阳广播电视台的"两会"直播做得不错，有质量、有效率！这让我印象很深刻，我也真切感觉到了融合传播的强大力量。

融媒体时代，也对我们媒体工作者提出了更高的要求，既要有过硬的专业素养，还要不断学习新技能，要跳出固定思维，勇于创新。比如：作为一名广播采编人员，不仅要熟练掌握广播采编的技能，还要主动学习视频拍摄剪辑、新媒体编辑、图片创意与制作等等，只有多听、多看、多学，只有掌握了多种技能，才能从容面对各种类型的采访，才能做出让人耳目一新、眼前一亮的新闻作品。

在别人的眼里，记者或许是一个光鲜亮丽的职业，但其中的各种滋味只有自己知道。只要有新闻，不管是周末还是晚上，都必须第一时间赶到现场，尤其到了节假日，更是媒体从业人员最为忙碌的时候。实际上，因为工作性质原因，工作和家庭很难同时兼顾，有时候甚至觉得愧对父母、亏欠孩子，但我从不后悔投身这个行业，并将身着"广电蓝"一直坚定地走在路上。这一路，既充满挑战，也是学习之路、收获之路！

新闻工作者永远在采访路上，也永远在学习路上。在今后的工作中，我将用双脚丈量宝庆大地，用双眼见证简单平凡，用文字点缀美好生活。

心有所向，方能致远。我，正朝着理想的方向，进发！

奔走在希望的田野上

姚晨希[*]

牛年春节，当接到"走基层"采访任务时，我很乐意地"接招"了。记者脚下沾有多少泥土，新闻就能接多少"地气"。入行8年来，我经常去各个乡镇进行采访，熟悉乡村的气息。我最喜欢向别人"炫耀"："全市共有185个乡镇和27个办事处，我至少到过1/3。"这次到我的故乡采访，感触良多，

姚晨希

写下这篇"手记"，用以记录我的青春和那些我踏过的乡村道路以及奋战在乡村振兴之路上的人们。

以记者身份回故乡，空气都是甜的

我是一个地地道道的板桥乡人。乡村带给我的，不仅有清新的空气、美丽的风景、可口的饭菜，而且有特殊的家乡情怀。大学毕业时，我并不十分了解板桥乡，当我做了记者，深入板桥乡村的各个角落后，才更加读懂自己的故乡，感觉连空气都是甜的。

* 姚晨希，女，2013年入职邵阳广播电视台，现为综合广播新闻部记者，多次在邵阳"两会""全球邵商大会"等大型活动中担纲现场连线报道。每年在省级以上的主要广播媒体发稿50篇以上。2019年度、2020年度被评为频道"先进工作者"。

好几年过去了，我积累的知识越来越多。都说记者是个"杂家"，外地人来到板桥乡时，我竟能滔滔不绝地向他们讲述板桥的山水、人文、产业……忽然间意识到自己比想象中的还要深爱这片土地。

2021年3月，开春后还有些冷。我们一行人驾车到大祥区板桥乡蔡家村和召伯村采访乡村振兴的故事。蔡家村的主阵地在山上，茶花公园负责人杨新生和板桥乡几位乡干部带着我们一起上山看茶花产业发展的成果。山上一路都通着水泥马路，雨后的村道有点湿滑，茶花公园负责人怕我们摔跟头，一手帮我们提着三脚架，一手兴奋地给我们"指点"他倾心经营了十多年的开得正艳的各色茶花。

翻山越岭半个多小时，我看到了他们一谈及就眼里闪着光芒的那片茶花基地——当时有些茶花树苗刚种下，树干直径只有两三厘米，树苗高仅一米左右，加上山上的雾，放眼望去，树苗在土里很不显眼。但大部分树苗已经成活，长出了嫩绿的树叶。那一瞬间，我真正理解了为什么人们都用绿色来比喻希望。

躬身泥土，只为报道好"乡村变形记"

在茶花基地，我看到几十位当地村民正在锄草施肥，村干部带着我们到茶花公园负责人杨新生家中落脚。听说有记者来采访，不一会儿，附近在家的很多村民都围过来看热闹，大伙儿向我们讲述了他们生活的华美蝶变。几年过去，蔡家村发生了很大变化：贫困户都住上了新房子，外出打工的村民都能够在家门口就业，山脚到山顶的路硬化了，茶花基地的树长大了，村里的黑山羊、养猪场搞得风生水起……村民们的眼里有了不一样的光芒。

以花为媒产业兴。在板桥乡蔡家村茶花公园，姹紫嫣红的茶花铺就了乡村致富路，一簇簇茶花树苍劲有力，浓绿滴翠的茶花树引得上海、广东的客户频频点赞，业务单子纷至沓来。一朵金茶花，勾勒了板桥乡花卉苗木产业的发展历程，驱动了全区赏花经济的快速发展。板桥乡赏花经济生生不息，走上了"农业＋旅游"融合发展道路，为农民增收致富搭建平台。

诸如蔡家村，我还采访过许多类似的"乡村变形记"。得利于好的政策、单位企业的帮扶、能干的乡村干部……它们变得越来越好，令人愈加振奋。

从茶花公园下来，一路朝着召伯村的方向奔去。随后，我们驶入了宽阔的乡道，一排排鳞次栉比的草莓棚映入眼帘。在召伯村的草莓基地，放眼望去，白色的小花点缀着绿叶，绿油油的叶子下面，点缀着一颗颗红色的果实，鲜嫩欲滴。很多游客带着小孩在田垄间摘草莓，体验着采摘乐趣。召伯村地势平坦、土地肥沃，加之在邵阳大道边上，交通也方便，草莓不仅"种得出来"，还"卖得出去"。当地村民、种植户游小红说："因为草莓，我家不仅翻新了旧房子，还摘了穷帽子，鼓了钱袋子，过上了舒心的好日子。"谈及现在的生活，游小红脸上的笑容如早春的阳光一般灿烂。目前，草莓种植已成了召伯村巩固脱贫成果的主要产业之一。召伯村还发展有红心蜜柚、枇杷等季节性水果产业，实现一年四季农产品销售增收无缝对

邵阳市大祥区板桥乡草莓基地

接，推动特色产业品质化、多元化。板桥乡紧扣现代农业这个主题，全力打造以优质蔬菜瓜果、苗木养殖等为主题的现代农业产业基地。

人不哄地，地不欺人。在这耕耘了一代又一代的土地上，我的乡亲们靠着自己的勤劳和智慧，为这早春的板桥乡，描画出鲜亮的色彩，酝酿出甘甜的味道。我相信，乡村振兴的画卷上，必将留下板桥人奔忙的灿烂身影。

人勤春来早，幸福就在路上。

有一种成长叫"深入基层"

蒋　婧[*]

作为入职邵阳广播电视台不到一年的我，很荣幸参与了 2021 年"激扬'十四五'踏春开新局"大型采访活动。

在来邵阳广播电视台之前，我在某学术研究所参与了编辑某产业转型发展的报告。在这个过程中，我发觉很多讨论是基于纸面数据，没有办法去验证。在两点一线之间奔波，生活呈现碎片式的镜像。我渴望能够认识更多的人，也希望能够穿透冰冷的数字和报告，去了解社会。

有幸成为一名记者后，我跟随李亮、周超群、李疆和禹剑阳等老师，在新春时节，奔走在田间、地头、工厂，记录着普

作者在邵东市中药材基地采访

通人的生活。看着广袤无垠的农村、欣欣向荣的乡镇工厂、飞速发展的智能制造企业，我感受到了与以往书面数据迥然不同的活力，看到了无数平凡劳动者为了幸福生活而努力奋斗的身影。

在位于经开区的拓浦精工车间，我看到一条条现代化的生产线在电脑的控制下

* 蒋婧，女，华东师范大学软件工程本科毕业，法国 SKEMA 高等商学院硕士。2020 年考入邵阳广播电视台，现于邵阳电视台融媒体新闻中心从事记者、编辑工作。

作者在基层采访

自动运行，送货机器人在有条不紊地运送物料……那一刻，我感受到了科技的巨大魔力；在邵东市太阳村，靠帮人种植中药脱贫的颜桂英伸出满是老茧的双手的那一刻，我分明看到了女性的不屈、意志和力量；同样在太阳村，村支书熊寿宏动情地回忆起他看到村里老人打水的艰难，唤起他回乡带领村民致富的决心，那一刻，我感受到了一个农村基层领导的担当；在邵阳市农业科学研究院，我看到科研人员吴勇兴奋地向我们展示他从深山里采集的野生玉竹种苗，他脸上的激动之情和他受伤的腿形成了巨大的对比，那一刻，我感受到了科研人员的纯粹与伟大；在邵东两市塘文化社区的老县委院内，社区居民佘军民向街道主任反映老旧小区的问题得到妥善解决后，他竖起了大拇指点赞，那一刻，我感受到了老百姓的真诚与善良；在邵东仙槎桥镇的五金生产企业里，踩在散落的钢筋上，走近火红的锻造炉，听到周围"叮叮当当"的锤炼声，闻着夹杂着铁锈味、化学药品味的空气，这一幕仿佛是邵阳市工业艰辛历程的缩影，那一刻，我感觉是自己在工作中被锻炼、被打磨、被抛光。

······

一张张动人的面孔、一幕幕令人感动的情景在脑海里滑过，我努力地把这些记录下来，然后和大家将这些感人的瞬间编辑成新闻，呈现给观众。

当新春走基层的系列新闻在邵阳广电旗下电视、广播、报纸、网站以及"爱上邵阳"客户端播发后，朋友点评"你们做的新闻让人了解了很多信息"，我突然感到，新闻记者，其实就是老百姓的一双眼睛。这双眼睛被寄予了厚望，老百姓希望能通过这双眼睛去看见普通人的喜怒哀乐，去观察社会的运行轨迹，去探讨未来的发展趋势。

带着这份厚望，走在田间地头，深入厂矿企业，我用眼睛去看见、用心灵去体会——世界不再是碎片式的拼图，而是相互关联的整体。我也在工作的历练中不断汲取力量，不断努力成长，愈发从容地面对生活。

防疫第一线，谁说女子不如男

姚慧芳 *

姚慧芳

"防控疫情，FM95.4 始终和您在一起！大家好，我是记者姚慧芳，我现在所在的位置是邵阳市中心医院，今天上午，邵阳市第一例新型冠状病毒感染的肺炎患者谢某治愈出院，详细情况我们一起来了解一下……"

"周警官吗？高速方面的情况如何？关于封城封高速的谣言四起，我们联动做个直播吧？"作为邵阳经济广播（交通频道）的副总监，我始终没有忘记自己是一名主持人、一名记者。疫情当前，作为党员的我，时刻牢记使命，做好表率，坚守在抗疫报道一线。

统筹有力，开启"战疫"宣传模式

春节前夕，突如其来的"新冠"爆发，人民群众的生命安全受到极大威胁。面对这一严峻形势，凭着敏锐的新闻触角，我马上提出春节假期带头值班的请求，并

---

* 姚慧芳，女，邵阳广播电视台综合广播（交通频道）副总监。曾主持过《夜渡心河》《开心路路通》《音乐有晴天》等节目，现为《交警直播室》主持人。2015 年参加全市"好记者讲好故事"演讲比赛获一等奖，参加全省巡讲；2017 年被聘为消防宣传"公益使者"；2018 年获首届"魏源杯"全国演讲大赛三等奖；2020 年被评为全市"最美抗疫人"，并入选 2020 年度"邵阳好人榜"；多次被评为全台"先进个人""岗位明星"。

调整现有的春节特别节目，加班加点制作抗击疫情的公益宣传片，开设"防控疫情"特别节目，权威发声，及时报道市委、市政府决策部署和防控举措。迅速与在本地过春节的节目主持人联系，参与录制《防"疫"小知识》系列片，并通过"村村响"大喇叭在全市220多个乡镇和4000多个行政村同步播出，让疫情信息和防护知识传播到农村的千家万户。

作者在防疫一线采访

在人手不足的情况下，我主动承担了编辑工作，对接相关职能部门，针对市民最关心的问题进行采访、编辑。此外，我发挥广播时效性强的优势，通过记者现场连线的方式，第一时间播报疫情防控动态。

创新思维，推出《向"疫"而行的身影》

这是一场没有硝烟的战争。在这场抗击新冠肺炎的攻坚战中，宝庆大地的"硬核"表现可圈可点，各界力量紧密集结，而作为媒体人，就需要全方位开展疫情防控宣传工作。1月31日，频道所有员工全部到岗，根据多年的经验，我积极策划推出《向"疫"而行的身影》专题节目，聚焦抗疫一线的"邵阳英雄"，传播邵阳战"疫"好声音。先后推出22期邵阳全市范围内的抗疫一线的典型人物报道。除了传统的音频稿件播出之外，又大胆地结合融媒体的特征，对《向"疫"而行的身影》中的每个人物事迹，又制作了15秒的小视频，通过微信同步推送，真正做到音频、

广电记者全副武装在医院采访

视频、图片、文字的完美结合。稿件经融合传播后，反响热烈，很多听众说我们的报道"用心用情"。

想方设法让声音飞入千家万户

疫情期间，我始终没有忘记一名媒体人的责任与担当。除了深入一线采访外，还带领节目部的同事想方设法，铿锵发声。大年初二，我与《读邵阳》节目主持人曾珊一起策划录制了《读邵阳——抗击疫情特别节目》，通过向全市人民征集抗疫稿件，邀请市民通过在家里录音的方式，用自己的声音和电波为武汉加油、为中国加油！从 2020 年 1 月 29 日开始，这档特别节目正式上线，广播收听率和微信推文的阅读量不断攀升，特别是《妈妈，我不怕》《勇士出征，逆行而上》等作品，声情并茂，鼓舞人心，收获了众多的点赞和转发，32 期节目，参与人数近百人，抗疫的正能量飞入千家万户。

疫情一线，我戴着口罩奔波于采访现场与直播间，忘却了苦累，经常加班加点。关键时候，谁说女子不如男！

朝起夕回、身体力行，感受坚守与辛勤

黎园园[*]

用最真实的镜头记录，以最深切的口吻讲述，这是身为记者的我，深入田间地头、洞察群众苦乐、讲述百姓故事的开始。这次参与"激扬'十四五'，踏春开新局"大型新闻采访活动，我手中的笔与镜头，对准一个平凡而伟大的岗位、一群以热忱和坚守为名的人，他们秉承为民情怀，穿行于纵横交错的道路间，维护道路交通秩序，风也罢，雨也罢，从不缺席缺岗，默默奉献自己的青春和汗水。他们有一个统一而响亮的身份——交通警察。

这些年来，我一直观察和记述着与他们有关的事件。每每谈及他们的故事，我内心总有一种说不出的亲切和感动。

我最先接触到的是任职于事故大队的民警张先文。时值腊月，天黑得早、气温低，虽然裹着厚厚的棉衣，却依然能够感受到刺骨的寒意。早上 8 点，我打电话给他预约采访，他说正在赶往事故现场，让我在办公室等。好不容易等到见面，已是中午 12 点，本想等他吃完饭再采访，结果饭还没扒拉两口，听到有新的警情，他又立即放下刚端在手里的饭菜，直奔事故现场，而我只好紧跟其后，在路上完成采访。

3 月的邵阳，天气还没有完全回暖，正是阴雨绵绵、寒意未退的时节。早上 7 点 20 分，负责早高峰的交警已经各就各位了。为了做好对路面民警的采访，我决定跟着他们去路面执勤。本以为只要站在路口，引导车辆前进或停下，却发现一切

* 黎园园，女，现任邵阳广播电视台综合广播记者。2015 年负责的《交警直播室》栏目荣获全市广电系统优秀节目一等奖。

作者（左一）采访夜晚开展整治行动的交警

并非想象中那般容易。中国式过马路的人群，其间掺杂着几辆不顾红灯匆匆往前的电动车，这些映入眼帘的杂乱路况，全靠在此路段值勤的胡明一人指挥，才稳住了"阵脚"。下了早高峰，胡明抽空买了两个馒头，回到办公室拿上资料，又骑上摩托车，开始路面巡逻。巡逻完一圈，往往需要两个多小时，之后回到办公室，短暂休息一会儿后，再次出发。他告诉我，一天的工作时间会远远超过8小时，他已经连续8年没有过一个完整的假期。

都说好稿子要沾泥土、带露珠、有温度。跟随采访交警的日子里，我目睹了他们顶着朝阳出门、踏着夕阳回家的日常，身体疲倦的背后，藏着他们的坚守和辛勤。伟大出于平凡，只有通过亲身走访观察，我才真正地了解了交警，了解了他们的坚守、执着和奉献。我将这些见闻和感触，用笔和文字记录下来，并通过电波讲述给万千听众，让广大听众朋友在这些平凡的故事里感知责任与力量。

话筒前一颗"悦动"的心

张　磊*

我是"大浪",邵阳广播电视台经济广播的一名主持人。从 2018 年 5 月 23 日开始,我的声音出现在了 FM99.6（原 FM92.8）的频率中,一年 260 期节目,每天 3 小时,已经主持了 3 年。1000 多个清晨,我竟有点不敢相信,已经风雨无阻地坚持了这么久。

张　磊

"失败"的第一次

虽已"身经百战",可我依然记得第一次进直播间那个闷热的日子。小心翼翼地坐在直播台前,整个人被亢奋和紧张燃烧着,对着话筒,还未开口,却已大汗淋漓,湿了衣服。虽然嘴上说的是"早已打好的腹稿",但是心里想的是"千万不能出错！""我的声音好听吗？""听众会喜欢吗？"也许是太在意自己的声音形象了,情感不能完全投入,导致声音矫揉造作,还不断出现口误,可以说第一次直播以"失败"结束。

"我还行吗？"我不止一次发出这样的疑问,后来领导说："让你主持就是觉得你行！"这样一句话算是给我吃了定心丸,让我重新树立了信心。

---

* 张磊（大浪）,男,邵阳广播电视台经济广播主持人,曾主持《音乐下午茶》《越夜越美丽》等节目,现主持《飞扬早高峰》《光影优品》,连续两年获得湖南省优秀广播电视作品奖。

作者在主持户外节目

　　《飞扬早高峰》是一档综合性的板块节目，做一档这样的节目，需要的是采、编、播、控一体化的复合型主持人，做节目时应该心口合一，说我所想，抒发我情，做一个真切的自己，不模仿、不扮演，心里装着真和诚。

　　后来，我慢慢了解了广播主持人这门艺术的出发点和落脚点是情真意切，所以后来每次直播坐在话筒前，就像走进了朋友的家里，坐在了朋友的对面，感受到了他们的心跳，他们正准备听我说话。此时，我和他们交流的欲望特别强烈，想把所有的故事、内容，把所有的真和情奉献给他们。此时，我常常会忘记自我，好像所有的精力和情绪都在节目中爆发了。

被太阳融化的"雪花"

《飞扬早高峰》一做就是 3 年，开创《赋能 30 秒》《性感的冷知识》《育儿有方》《歌曲溜走了》等子栏目。每个清晨，在路上，也许陪伴了时光，也许抚平了焦虑，也许碰撞出故事，也许改变了节奏，我的声音究竟遇见过多少同频的心灵？这个数据无法量化，但我能感觉到有一双双期待的眼睛正朝我看来。

通过新媒体平台，我遇见了同频的心灵，我能感知分享的那些心情、播放的那些歌曲他们是否喜欢，他们是固定收听还是偶尔相遇。每次收到他们的留言，我常常会产生一种被融化的感觉，就像初春，太阳融化白雪。

召唤我的是"希望"

我庆幸每天都有新的工作、新的希望在向我招手，从 2018 年到 2021 年，我先后包揽党务、微信编辑、导播、口才培训、记者等工作，微信编辑了《@ 邵阳人，你喜爱的"莎陀陀"移步 996 啦！》《全城泪别 | 相恋十年，"音"为你，我捧起 996 朵玫瑰！》《运动打卡赢 1000 元大奖！秀出轨迹为"土地日"代言》；首次参与了广播、电视、新媒体联合报道邵阳市"两会"情况，实现在直播间"听'两会'"；在频道首次提出利用抖音平台进行宣传，并在节目中实践，与听众、观众进行实时互动的想法。

可以说，这份工作做得很辛苦，但获得的成就感、欣慰感也难以用文字表达。在创新和竞争日趋激烈的今天，创新是战胜自己超越自己，竞争是战胜别人超越别人。要改变过去那种"我播你听"的传统播音方式，使听众能自愿地听下去并参与进来，不仅要提升自身的专业能力，还要扩大知识面，加强应变能力。

10 年与 10 分钟

"我努力干了 10 年，哪知成名只要 10 分钟。"这是我大学老师说过的一句话，我至今记忆深刻。对她来讲，10 分钟对于 10 年只是一瞬间，然而这一瞬间是她 10 年积蓄的能力和经验。于是，她成功了，我领悟了。

今天的我，从 19 岁开始带着主持梦，离开家乡来到湖南邵阳，其中百般滋味难以诉说，回想起这 6 年，离家、求学、工作、辞职、生病、搬家……但梦，是一笔一笔画圆的。

在过去的那些日子里，因为老师的一句话，我无怨无悔地一直走着一条相同的路。实践告诉我：作为一名广播人，要坚守初心，永远不能忘记为听众服务、给听众带来快乐！

心中有爱，方能遇见最好的自己

周 晟[*]

在接到采访任务前，我的内心是忐忑的。在我有限的认知中，并没真正体会志愿服务这一工作所代表的社会属性。打开网络搜索，弹窗出现"不求回报，改善社会"这几个关键词，纯粹、果敢、奉献，这些词语飘浮在我的脑海中。怀着懵懂的憧憬，我第一次见到了谢君。

作者（右）在街采

谢君是一名社区女干部、心理咨询师，初见她时，她正在社区的服务中心值班，高大的身影和略带沙哑的嗓音，给我留下很深的印象。

"总是很忙。"谢君一边说着，一边递水给我们，一边忙着回复了几个电话。我环顾这间 30 平方米的办公室——明亮的奖牌、大小不一的照片剪影、堆积的文件夹，凭直觉，"这里一定充满了故事"。但她太忙，我只好收起笔头，在座位上静静地候着。

已是傍晚时分，在我 3 个小时的等待中，谢君在不断地忙碌着。"不好意思！"她喝完了一口清水后，我们便正式开始了交流。

时间拨回到 2017 年。当时，市里正开展留守儿童关爱活动，谢君暗下决

---

* 周晟，男，2021 年 3 月入职邵阳广播电视台综合广播，从事记者、编辑工作。

心——要去乡村，去奉献自己的一点力量，给那里的留守儿童带去一点温暖。她说："我是一名心理咨询师，更是一名孩子的妈妈，所以我知道那些留守儿童的心理更需要关爱。"

谢君与小朋友"天天"的拥抱场景

从此，入村、慰问、交流、回访成了她工作的常态。5 年间，谢君重复着同样的事。定期陪伴、无微不至的关怀，她用近乎母爱的照顾让很多孩子走出了自闭的困境，学会接纳和热爱这个世界。看着一张张泛黄的照片，突然让人觉得，所爱隔山海，山海皆可平。

3 个小时，不知不觉就在我与她的交流中过去了，准备离开时，起身向上望去，在她办公室的右上侧，贴有一张填满事项的计划单——"3 月 18 日，立新村回访；3 月 19 日，大祥区……"细致而又满当的工作计划，无声地诉说着她志愿服务的进程。

采访后的第三天，谢君给我发来了去立新村回访的照片，照片上的孩子们微笑着围绕在她的周围。她说，孩子们都有了很大的改变，变得愿意交流，这正是解开心结的关键所在。我看着这张照片，回忆起那天拜访时的情形——忙碌的身影、堆积的文件、沙哑的声线……我内心涌动着一份崇敬和温暖。

从事新闻工作的时间不长，采访的次数和人物也谈不上多，谢君是我采访对象中让我印象最深刻的，她的一颦一笑、一举一动，带给我太多的感动和力量。其实，做志愿者也好，做新闻工作者也好，心中一定要充满爱，充满对工作的爱、对事业的爱、对特殊人群的爱，方能遇见最好的自己，方能让爱之所及，向善向好！

点亮童心，做少年儿童的引路人

杨　涛[*]

青少年是祖国的未来、民族的希望，建设社会主义核心价值体系要从娃娃抓起。如何引导青少年树立正确的世界观、价值观，也成了新媒体时代传媒人需要研究和探索的问题。

在人人都是自媒体的时代，网络信息良莠不齐，青少年如果没有辨别信息对错真假的能力，就很容易受到不良信息的影响。为提升青少年的言语表达和对网络信息的识别能力，邵阳广播电视台少儿栏目《嘿！宝贝》应运而生。

杨　涛

《嘿！宝贝》通过电视、网络平台进行传播，经过三年的发展，现已成为全市各学校、家长、孩子的学习实践和娱乐放松的最佳平台，积累了一大批忠实受众。

用镜头记录真情瞬间

在一次拍摄中，我们到北塔区万岁庙小学做一期关于交通安全的节目。这是一

＊　杨涛，男，现任邵阳广播电视台《嘿！宝贝》栏目主持人、编导、记者。曾主持邵阳经济广播《飞扬晚高峰》《经广新闻》，2020年、2021年邵阳市少儿春节联欢晚会，2020年邵阳市"悦读邵阳·语文朗读大会"总决赛。

《嘿！宝贝》录制现场

所乡村小学，孩子们见到我们的摄像机很热情，他们的安全意识很强，关于这方面的问题完全难不倒他们。

在这里，我和摄像团队见到了海南大学学生为这里的孩子们寄来的一百条围巾，每一条围巾上还留有一张小卡片，上面有着他们对孩子们的祝福与期许。小小的围巾，却系着大大的爱。学校老师还和这群大学生现场进行视频连线。大学生们告诉孩子们："可能我们的家庭没有那么富裕，没有住在高楼大厦中，也不像城里的孩子一样，可以学跳舞、弹钢琴，拥有特别好的物质生活。但是，我们有理想、有抱负，家乡贫瘠就改变家乡，家庭不富裕就建设家庭，经过努力就一定会有收获。"

大学生们的一番话感动了我们现场的所有人，经过了解，这次活动是由一名在海南大学读书的邵阳学子发起的，他想要为自己的家乡贡献出自己的一份力量，一点点来改变自己的家乡。

孩子们收到围巾，脸上都流露着喜悦的笑容，大学生们身体力行，引导着这些孩子们成为一个个有理想、有担当、有责任、有爱心的"四有人士"。将理想、担当、责任、爱心传递下去，我认为，这也是一种传承吧！

我们作为新时代的媒体人,更应该挖掘出更多这样的故事,让正能量更强劲、主旋律更高昂!

用沟通了解百姓心声

在"世界自闭症关注日"这一天,栏目组联系大祥区二纺机幼儿园,一同去了邵阳市特殊教育学校,为特殊儿童康复教育中心的孩子们送上了自己的祝福。

在这里,我们见到了这群"星星的孩子"。就是这一次采访之旅,加深了我对自闭症孩童的认识。我没有想到,在我们身边竟有这么多的自闭症孩子。在现场,我和一位自闭症孩子的母亲沟通,她说:"4月2日这一天,是我心最痛的,因为以前不敢想、不能想的东西,在这一天全都赤裸裸地摆在我面前,我的孩子还这么小就成了这样。"当我问及这位母亲的心愿时,她顿时眼泪直流:"当然是希望孩子好起来!"

这位母亲的话让我的眼眶湿润了,本应尽情微笑的孩童却是这般模样,我不禁为这些孩子祈祷,希望他们能够早日好起来,日后发挥出他们应有的光彩。当我看到这些孩子在舞台上跟着老师挥舞着手臂时,我想,可能一切没有想象中的那么糟,在全社会的共同关注下,终有一天,这群孩子一定能走出阴影、走向阳光。

一次,两次,许多次。每次采访,我对记者角色、对媒体平台,总会有新的认识。"脚下沾有多少泥土,心中就沉淀多少真情。"我总是不忘媒体人的使命担当,用心用情发现孩子们身边的点滴感动,并用镜头和文字记录下来、传播出去,用心托举起明天的太阳。

用行动参与媒体融合

新媒体时代,做好融合传播至关重要。《嘿!宝贝》栏目也在积极探索利用广播、电视、新媒体等平台进行融合传播之路。我们在两个电视频道播出节目,在两个广播平台播出了衍生节目《杨涛哥哥讲故事》和儿童广播剧，利用新媒体平台进行宣传和节目展播，扩大栏目影响力。

为了加强传播效果，我们秉承"我参与、我传播"的理念，从邵阳各区县市选拔优秀小主播参与节目录制，让广大受众亲身参与到节目中来。组织线下活动"'嘿！宝贝'进校园"，在校园中开展播音公益课堂，既能给学生带去一堂精彩的播音、朗诵课程，又能达到宣传栏目的效果。

创编更多优质的节目内容，栏目组连续三年拍摄新年贺岁短片，组织部分青少年学生、家长、主持人共同参与到拍摄当中，秉承"小成本、大情怀、正能量"的创作原则，积极打造讲导向、有文化、有温度、有情怀、正能量的视频短片。

为传承和弘扬中华优秀传统文化，栏目组特开设《宝贝说节气》专栏，通过青少年自己的亲身讲述，让更多孩子了解节气对于植物生长的影响，了解中华民

《嘿！宝贝》录制现场

族古代先祖的智慧。我们还拍摄了安全知识教育方面的专题节目，如"儿童防溺水""校园安全问答""交通安全进校园""小小消防员""身份证重要性""315知识竞赛"等节目，帮助青少年树立正确的安全意识，"知危险、会避险、安全意识记心中"。开展社会实践"小小银行营业员""小小车展销售员""小小餐饮服务员"等活动，让广大青少年儿童知道工作的辛勤，了解"劳动最光荣"。

栏目组身体力行，参与媒体融合创新，多方位、多渠道进行实践探索。

用创新献礼建党百年

在建党一百周年之际，栏目组还特开设《童心向党》专栏向建党一百周年献礼，节目从组织邵阳市青少年群体学党史、学红色精神、讲红色故事等方面入手，让邵阳广大青少年知党恩、感党恩，并激发他们的斗志，争做新时代共产主义

《童心向党》录制现场

接班人。我们走进邵阳各大商场、爱国主义教育基地等人流聚集的地方，以主题班会的形式开展节目，引导广大青少年学习好党史，不忘来时路。

用心用情，记录伟大时代。作为一名少儿栏目主持人、编导、记者，我更多的工作就是和青少年打交道。这份职业是神圣的，我将竭尽全力，通过采制更多更好的节目，来引导青少年向上向善，当好他们成长路上的引路人。

在熟悉与陌生之间抚摸故乡

谭 炜 *

从 2004 年入职邵阳广播电视报社（现邵阳城市报社）成为广电大家庭的一员，不知不觉，已整整 16 年。16 年来，做过民情记者，做过发行和经营。我的足迹踏遍了邵阳七县二市三区的大部分乡镇，并对很多地方的山山水水很熟悉。对文字的挚爱和眷恋，早已深入骨髓。多年来，我采写过许多异地他乡的稿子，但从未书写过故乡。今年的"新春走基层"活动，我将采写对象对准了既熟悉又陌生的故乡。

作者在故乡三联峒景区留影

说它熟悉，是因为生于斯长于斯，许多景物和人事，总会勾起我童年的美好回忆；说它陌生，是因为我离开故乡已快 30 年了，家乡的一些新变化早已脱离了我的视野。春节假期，成了我重新感受故乡脉搏的最佳时刻。

我的故乡叫茶元峒，深藏在娄底市新化县一个三面环山的山旮旯里，大约 100

---

* 谭炜，男，曾用笔名"二毛"，2004 年入职邵阳城市报社，做过《民情通道》栏目记者，现被聘为邵阳城市报社经营部副主任。

多户人家，一条小溪从背后的大山深涧飞流婉转，滋润着村民的春种秋收。

两个旧人的邂逅，感知故乡的变化

"师傅，带我一段。"大年初二，拜年的鞭炮声此起彼伏，车子沿着水泥村道疾行，快到村口，看到一个中年人提着公文包站在路边向我招手。

这声音有点耳熟。我停住车，摇下车窗探头一瞧：好家伙，原来是我小时候一起穿开裆裤的小学和初中同学吴新华。一顿寒暄，原来他现在是村里的支部书记。

"老同学，我今年促成了一件大好事。"是什么事让他如此兴奋，急于告诉久别重逢的我？怀揣采访任务的我也兴奋起来。

"还记得这条小河吗？"小时候，小河一年四季清澈见底，我们常常在河里打水仗，怎么不记得呢？我连连点头。

吴新华话如泉涌。他告诉我，这条小河如今可了不得，乡里要建自来水厂，到处找水源。最先选址隔壁的洞里村，由于村民抵触情绪大，没有成功。今年乡政府组织专家考察，决定在我们村取水源。开始村民顾虑很大，怕影响农田灌溉，并自发组织去市里、省里上访，使事情一拖再拖。村支两委白天黑夜连轴转，一家一家耐心做工作，这事终于成了。现在下游的乡政府机关、学校、医院以及七八个村的百姓都用上了洁净的自来水。

故乡的父老乡亲还是识大体、顾大局的，他们的纯朴和善良曾经滋养了我的童年。就像这条小河，它的清甜甘冽，它的博大胸怀，使故乡有了灵魂，成为我们祖祖辈辈的生命之源。如今，它的涓涓细流像血液一样融入了新时代乡村振兴的脉搏，滋润着下游百姓的幸福生活。

"目前村里最大的问题是没有支柱产业，今年我决定重点发展养殖业，特别是稻田养鱼。"

"欢迎你常回家看看，到时请你呷鱼！"临别，吴新华一脸自信地对我说。

车子继续前行，对向来了一辆宝马，道路很窄，司机礼貌地停在一边，让我先行。大过年的，我也停车致谢，不经意间打量，这人我又认识，是我哥哥的同学，大名吴松林。

热情握手，让烟。他大气地扔给我一包“和天下”。

“你现在在哪发财？”

“发什么财，搞了一个旅游项目，就在隔壁的洞里村。”

“现在已经申报为 3A 景区，你们有蛮多人组团来耍，生意还马马虎虎。”

原来三联峒是他开发的，我曾经去过一次。

早些年就听闻他下海经商，看来他真是村里的大能人。听说有很多村民在他那里打工，收入可观。

“佩服呵，兄弟，家乡的发展需要你这样有头脑、有胆识、有实力的能人。”

“欢迎你来玩呵，到时吃住我全包。”

我心中升腾起一阵暖意。上次去三联峒太匆忙，看来我还要去一次，静下心来，细细品味一下家乡的奇山秀水。

变迁的老屋，温暖家的方向

离家越来越近，乡情和年味越来越浓。路边新立起很多小洋楼，大门上张贴的春联红得耀眼，地面上来不及清扫的鞭炮碎屑铺满红色，到处一片祥和喜庆。

在我的记忆中，父亲留下的那栋老屋已经破败不堪，不知今年修缮了没有？

拐过一个山坳，终于看到了我家的老屋。一阵惊喜再次击中了我。因为在老屋的旁边，多了一栋崭新的小平房。

“二哥回来了！”五弟看到我，一脸欣喜。我和五弟是同父异母的兄弟。我和哥哥、老三都远离故乡在外谋生，父亲已逝，只留下他坚守农村，辛辛苦苦打理这个家。

三室一厅一厨一卫，洁白的墙壁、锃亮的地板，电视机、冰箱均是新的，跟城里的住房一样。

　　"这是政府扶贫盖的，为我们解决了大难题。"五弟兴奋地说。"好啊，想不到你们住得这样好。"我一边参观新房，心里的一块石头落了地。

　　"二叔，新年好！"三个侄女从外面拜年回来，一声声叫着"二叔"。看到她们，触动了我心中埋藏已久的痛感神经。10多年前，四弟两口子因故早逝，留下这3个孤儿。

　　"每年都有民政补贴，有时还有各种爱心捐助。现在，大的已师范毕业参加工作，老二今年上高中，老三读初中。"五弟继续和我拉家常。此刻，她们花枝招展地簇拥在我身边，这3朵命运多舛的山村野花已然迎春绽放。我心中的又一块石头落了地。

　　其实，故乡并没有什么翻天覆地的变化，她的变化是悄无声息的，只有用心才能发现。比如，以前的泥泞土路变成了水泥道；过年过节，村道上的小车不经意间多了起来；村里的小洋楼，如雨后春笋，忽然间冒了出来……

　　喝着自家酿制的糯米水酒，嚼着故乡的糍粑和腊肉，在乡音、乡情、亲情、年味的交融碰撞中，我有点醉意朦胧。

　　"现在家里住的、吃的、用的都有，你不要挂念。"五弟又为我添满了酒，"今年我准备把父亲传给我的酿酒手艺捡起来，挣点钱贴补家用。我还准备参与村里的稻田养鱼。生活会一天比一天好起来的。"

　　每天在城市追梦，万般辛苦在心头。遥望故乡，永远是治愈我心灵创伤的一剂良药。就像眼下，在熟悉与陌生之间用心细细抚摸故乡，希望就在不知不觉间萌生，并冲破一切险阻，用力地生长着，向美向善向上！

万紫千红总是春

——试评"激扬'十四五'，踏春开新局"系列报道

陈正文 *

3月8日，《邵阳新闻联播》以"美好生活从智能开始"为题，对邵阳经开区内拓浦精工、圣菲达等企业进行了报道，让我眼前一亮。

伴随着优美的音乐，从电视画面中，我看到拓浦精工生机勃勃、满园春色的场景。这个已经实现了生产流程全部自动化的企业，每20分钟就能生产一台电饭煲。内循环销售与时俱进，外循环已打入日韩欧美市场。今年3月按订单需要生产电饭煲31万台，为2月份的3倍。春节刚过，全厂员工开足马力，争分夺秒抓生产，全力以赴抢进步，洋溢着春意盎然的景象。

在以同样的方式报道了圣菲达的事迹后，记者还专访了邵阳经开区党工委书记。从同期声中，我听到他侃侃而谈的话语："十三五"是涅槃的5年，经开区工贸总收入从350亿元增长到802亿元，年均增长20%，年招商引资从80亿元增长到386亿元，全口径税收从18亿元增长到37亿元。现在的经开区已成为湘中、湘西南最大的工业中心。在谈到"十四五"如何开好局时，他满怀信心地表示，2021年已规划93个省市区重大项目，争取年内招商引资达到180亿元以上。不断把产业做强做大，在全省全国乃至全球都具影响力。

其实，这组经开区的报道，只是"激扬'十四五'，踏春开新局"系列报道

---

* 陈正文，男，邵阳市委宣传部原副部长、广播电视局原局长，退休后仍笔耕不辍。现为市委宣传部新闻阅评员。

"走基层"记者在白新高速公路建设工地采访

的缩影，从这些天众多的报道中，我看到邵阳大地"万紫千红总是春"的动人景象。由此，我深深感到，这是一次值得点赞的系列报道活动。

它，创意好。在"两会"审议批准国家'十四五'规划之际，邵阳广播电视台以高度的政治站位，围绕"激扬'十四五'，踏春开新局"的主旨，在反映"十三五"取得显著成就的前提下，选取不同的切入口，将不同层面采访报道的有内在联系但内容迥异的若干条新闻，组成系列报道，反映人民群众对"十四五"期间的新向往，鼓舞、激发广大干部群众全面落实"三高四新"战略、高质量建设"二中心一枢纽"邵阳的参与热情和创新能力。这样弘扬主旋律，传播正能量，不失为好的创意之作。

它，声势大。为了搞好这次大型系列报道，邵阳广播电视台，采取全台各新闻媒体集中联动的方式，组织精干力量，兵分6路，每路4至5名记者，分赴市区和各县（市）、深入开展采访活动。并将采制的稿件及时发至记者公共邮箱，供各

"走基层"记者在讨论题材和拍摄角度

媒体选用。各媒体则在开设的"激扬'十四五',踏春开新局"的专栏中播出。这样,就形成广播、电视、报纸、新媒体等立体传播声势,在全市营造了新春起好步、开好局的浓郁舆论氛围。

它,品质高。这次系列报道活动,仍然沿着"新春走基层"的路子,把重点放在基层第一线、聚焦普通老百姓。记者们发扬"脚板底下出新闻"的好传统,深入实际,深入群众,用脚跟随春天步伐,用心感受春天的暖意,在万紫千红的社会实践中发掘题材,在春意浓浓的生活中找准选题,用自己的"几把刷子"采写出了有思想、有温度、有品质的精品佳作,为踏春汇集强大的精神力量,开启新的征程。

我的广电情结

戴开潮 *

戴开潮

我出生在湘西南一个偏僻的小山村，从小就在石窝草丛中摸爬滚打，吃着红薯饭长大。当过农民、教过书、做过编辑记者，也做过县级电视台的副台长。

年逾花甲，白花染鬓，至今为何还在邵阳广播电视台综合广播（交通频道）的营销策划队伍里策划人生、营销自我？也许有人不解，其实这就是我的广电情结所致。

早在读高中时，我学会了识简谱、吹笛子、拉二胡。高中毕业回乡做了民办教师。县广播站征稿，我写了一条消息稿投过去，拿到了 0.5 元稿费，于是来了兴趣。后来，我就利用下乡家访的机会采访，陆陆续续写消息、通讯，还有诗歌、散文、小说等。我的作品被县广播站和一些报纸大量采用，几乎每年被县委宣传部评为"优秀业余通讯员"，我因此也越来越有"知名度"。后来，我考进武冈师范学校改变了"民办"教师的身份。再后来，我被选调到县广播电视台做了编辑记者。数年后，我入职到邵阳人民广播电台交通频道。

那时，邵阳交通频道创办不久，影响力还不大。采访时，被采访部门不愿配合；拉广告，商家不愿投入。我一个从县级台来的"乡巴佬"，除了工作经历丰富外，似乎再无"特长"，身边都是大学毕业的专业人才，普通话纯正、电脑操作熟

---

* 戴开潮，男，笔名"戴月归"。中国音乐文学学会、中国音乐著作权协会、湖南音乐家协会会员。

练。我这个连 QQ 号还没有注册的"盲童",一切要从零开始。我向所有的年轻人请教,练电脑打字,学录音剪辑,开启了新闻创业的"新时代"。

"当人家把你从门口赶出来,你要学着从窗户跳进去。"这句经典的采访名言让我鼓起了勇气,坚定了新闻之路的信心。既然选择做广播记者,就要有"厚脸皮"。记得那年佘湖桥开工庆典,邀请了除广播外的市内所有媒体去现场采访报道。佘湖桥是贯通邵阳市东西向的重点交通枢纽,作为交通广播,必须报道这个新闻。你不邀请我,我就不请自来。我带着采访机在现场采访录音完后,去找活动组织者要资料,那位工程建设指挥部办公室主任,一听我是广播记者,就很不耐烦地说:"广播我们没请,资料发完了,纪念品没准备。"当时我心里虽然不好受,但我还是理直气壮地对那位主任说:"报道新闻是我们新闻工作者的职责,不需要请,我来找你不是要纪念品,而是要相关的资料!"接着我打开录音机,对他说:"没有资

邵阳广电机关党支部开展主题党日活动

料也没关系，作为办公室主任，你应该知道工程项目的基本情况吧？请问大桥建设的总投资是多少？大概什么时候可建成通车？通车后，对邵阳的经济社会发展会带来哪些好处和变化？"一连串的问题问得那位主任很不好意思，最后他连声说"对不起"，只好给我找了一整套资料。

记者不但要有骨气，还要有定力，守得住底气。在做《民情通道》栏目记者时，我经常深入基层，积极为民生小事奔走呼号，畅通百姓诉求，为三家媒体联合打造的《民情通道》栏目获评湖南省优秀栏目奖贡献了自己的一份力量。

年纪大了，我辞去了交通频道新闻部主任职务，到广告部做了营销经理和策划。

"不当家不知柴米油盐贵。"来到广告部，我才知道广播广告人的辛苦。以前我在县级台，广告是客户送上门来，在广播新闻部做记者，虽然没有电视、报社记者那样招人待见，但大多数人还是以礼相待。做了广告人却截然相反了，自己掏钱去请人吃饭，还要为收不回的呆账承担风险。

开弓没有回头箭。既然选择了就不能后悔，只能调整适应。如何让老板、董事长们掏钱投入广播广告？唯有进行策划。在市委召开党代会的时候，我想到了一个由某公司冠名的"直播党代会"的创意。方案报到频道副总监和总监那里，开始他们有所顾虑。我就向领导们游说："交通频道要想产生影响，首先必须引起市委领导关注。"开明的领导当即拍板决定，开辟交通广播由商家冠名"直播党代会"的先河。我们在市委礼堂进门大厅设立直播台，向全城直播党代会开幕式，现场采访县（市、区）委书记。这一活动社会反响良好，市委领导给予充分肯定。后来我和同事们又连续策划了几届人大政协直播活动，使得交通频道声名大振，社会效益和经济效益同步提升。

风里来，雨里去。一转眼，就到了花甲之年，往事历历在目。近年来，我利用闲暇，一边继续从事广告创收，一边开启我的晚年音乐文学创作。先后在《词刊》《中国乐坛》《音乐教育与创作》等专业刊物发表歌词 200 余首，多首歌词、歌曲在征歌中获奖。

2021 年 1 月 4 日到 9 日，在邵阳市 2021 年人大、政协"两会"现场，邵阳广播电视台所有参与现场报道的记者、主持人、摄像和技术人员，统一身着印有"邵阳广电全媒体"字样的蓝色台服,"广电蓝"立即成为"两会"现场一道亮丽的风景线。此次报道,做到了"全媒体联动、全介质传播、全方位好评"。联想起近四年来邵阳广电的发展变化,心潮澎湃,灵感闪现,一首"广电蓝"的歌词从心底喷涌而出,歌词《心中那片蓝》一气呵成,一挥而就。

心中那片蓝

——"广电蓝"之歌

无穷天空一片蓝,
雄鹰翱翔去追赶。
不怕乌云遮挡,
何惧任重道远?
推拉摇移织彩虹,
碧空万里写诗篇。

头顶满天蓝,
追梦海天蓝。
鹰飞翔,船扬帆,
风雨同舟齐摇橹,
邵阳广电一片蓝。

浩瀚大海一片蓝,
航母破浪勇向前。
不怕风急浪高,
何惧暗礁险滩?
编播采录主旋律,
大海飞歌好梦圆。

采撷天地蓝，

传播人间蓝。

声远扬，影旋转，

全媒互动唱春风，

撑起心中那片蓝。

蓝，代表希望与永恒。蓝色是博大胸怀，是永不言弃，是忠诚和谐。

歌词立意于"蓝"，哲理于"蓝"。主歌两段分别用"蓝天雄鹰"的意象，赞颂广电人不怕困难的坚强意志；用"大海航母"的意象，寓意广电媒体融合的希望与前景。副歌两段直抒胸臆，升华主题，巧妙植入广电新闻工作者的特色元素，表现了广电人的追求与志向。

一首歌曲，一种情感；一首歌曲，一种思想。这是我从事广电工作多年，用自己的体验与情感，唱出的邵阳广电人不忘初心、牢记使命的情怀。我相信，在台党委的正确领导下，邵阳广电人一定能勠力同心、团结奋进，开创出一片更加美好的"蓝"。

邵阳市第十二次党代会直播团队部分成员合影

初心二十载,不负是情怀

阳 津*

每一个不曾起舞的日子,都是对生命的辜负。投身广电二十余年,多个角色的更替转换,不变的是对广电的情怀。

1996 年,是邵阳广播史上的一个重要转折点,节目播出由原来的录播改为直播。通过层层选拔,我有幸成为一名广播主持人。当时,每个主持人根据自己的风格策划节目,既当主持人,又当记者和编辑。记得当时我策划了一档叫《市民热线》的节目,时间是中午 11:00—12:00,晚上 6:00—7:00,当时属于所谓的"垃圾时段",节目环节有:求职、招聘、提货找车、提车找货、热线交友等。

由于节目贴近生活,很快火爆起来了,一个小时的节目几乎全在接电话,尤其是交友环节。随后,我向频道申请把交友热线单独办成交友相亲类的栏目——《空中鹊桥》。

2000 年 7 月 7 日,《空中鹊桥》节目正式开播,到今年已经 21 年了。虽然我早在 2004 年就担任交通频道广告部主任,负责营销工作,但是《空中鹊桥》节目一直在做。虽然,每周增加了工作量,但听众朋友的积极参与以及对我的支持和守候,让我不仅不觉得疲惫,反而更加亢奋、更富激情。

那时,《空中鹊桥》节目有鹊桥热线、鹊桥信件、鹊桥话题三个板块。当时没有微信,只有信件交流,在热线与书信中,有很多感人的故事。有一位听众是我这辈子都难忘记的,他是绥宁县黄土矿乡的袁先生。他在信中说,有一天务农的时

---

* 阳津,女,邵阳广播电视台综合广播(交通频道)《空中鹊桥》《阳津访谈》《家装,听我的》等节目主持人。负责策划、主持的《空中鹊桥》节目 2002 年获市宣传系统优秀节目三等奖。

阳津在直播间备稿

候，听到我们的节目，知道了《空中鹊桥》，于是，不管是炎热的夏季还是寒冷的冬天，每周六晚他都坚持带着收音机、手电筒和竹棍到有信号的山坡上听节目。突然有一段时间，没有收到他的信件了，我有点纳闷，并开始替他担心起来。几个月后，我又收到他的来信，他说，在几个月前的一个周六，下着大雨，他坚持爬上山坡听节目，不小心摔成腿部骨折，住院了。读完来信，一种莫名的感动涌上心头，泪水不禁湿润了眼眶。

节目常办常新，感动无处不在。2012年的一天，上节目时，我接到一个听众的电话，他告诉我，他的朋友曾先生通过我们的节目，找到了对象，结婚成家了，而且女儿都12岁了。他说很感谢阳津姐和交通频道，促成了他朋友的美好姻缘。聊天中，得知他们结婚时没有拍婚纱照，于是我联系了邵阳市最好的婚纱摄影公司，为他们免费提供了价值三万元的婚纱照和全家福的拍摄服务。如今，"鹊桥宝宝"已是一名大二学生了。

还有一位钟女士，2008年通过节目认识了她先生。结婚后，两人去上海打拼，去年也回到邵阳开了公司，现在她们是幸福的四口之家。她说，通过我们的节目她找到了自己的幸福，这几年，她坚持做慈善事业，她想把这份幸福感通过自己的慈善事业传递给更多的人。

节目中的热线电话，早已熟悉成了广大听众的共同记忆。每周六晚上，我都会接听到从周边地市及全国各地打来的热线电话，他们是我的忠实粉丝，或外出读书、工作，或参军、创业。曾经，他们是我的听众，想家了就打热线进来聊聊。我也把他们当亲人，通过电波送去问候和关切。这种"双向交流"，充满温馨和快乐，这也是我二十多年来坚持上节目的动力之源。

作者（右）与热心听众合影

2012 年，我把节目中的"鹊桥话题"单独开办成《阳津访谈》，通过节目让更多的听众朋友参与进来，畅叙自己的亲情、友情、爱情以及理想、事业、人生，节目一开播就深受大家的喜爱。

如今，这档访谈节目已经成为邵阳地区各企事业单位和频道战略合作伙伴传递正能量的宣传平台。

当下市场经济不断发展变化，媒体也需要顺应市场的发展。2020 年 6 月，我发现建材品牌在频道几乎是空白，于是花了一个多月的时间，联动建材城内一线品牌的商家，以联合办节目的形式创办了一档普及家装知识的专题节目——《家装，听我的》。2020 年 8 月 17 日，这档湖南省内第一家专业的建材专栏开播了，节目时长每天 30 分钟，创收近 30 万元。节目通过半年的打磨，得到了各个合作品牌商的认可。目前，除了每天节目线上宣传外，还开通了短视频、抖音等宣传形式来补充和完善节目。

如果说 1996 年跨进广电是一种热爱，那么，对二十多年后的我来说，这更是一种情怀——既然选择了广电，便必定风雨兼程。

做有"响度"的新闻

杨荣干

　　某日，豆大的雨点打在窗户上，噼啪作响。正在办公室沉思的我，禁不住扭头朝窗户上看，玻璃上挂满晶莹的水痕。目光所及，资江河面上溅起一层层水花，对岸的高楼在密雨与江雾中若隐若现，让人感觉如仙境一般。若不是被雨打窗台的声响所吸引，我会错过窗外如画的美景。这让刚接手分管新闻宣传工作的我似乎有了一丝灵感，在舆论生态、媒体格局、传播方式发生深刻变化的背景下，做新闻，就要做有"响度"的新闻，才能吸引受众，才能影响世道人心，才能有效提升媒体的影响力和竞争力。

以新闻行动制造"声响"

　　多年来，尽管一直分管组织人事工作，但我对媒体的发展趋势也比较"上心"。2020年底，新一轮班子分工，又给我增加了分管新闻宣传的任务，重担搁落肩头，重操既熟悉又陌生的业务，"守正创新"便成了萦绕在脑海中的核心词语。

　　接手后的第一场战疫，就是2021年1月的邵阳市人大、政协"两会"报道。如何跳出原有的报道"套路"，做到融合创新有"响度"？经过一番思考之后，"创新""联动"四字在我脑海中越发清晰。于是，在"两会"召开的前半个月，我召集开了一个"诸葛亮会"，集思广益。总编室主任贺若良很给力，很快制定了详细的报道方案和应急预案。随后又召开各媒体主要负责人参加的协调会，并成立了以台长、总编辑胡光华为总指挥的联合直播工作领导小组，下设电视直播组、广播

（移动客户端）直播组、干线传输组、播控组，细化流程、明确责任。从各频道抽调的 70 余名记者、编辑、主持人及技术人员奋战在各自岗位上，以联动直播、现场专访、现场连线、新媒体产品为重点，全方位、多角度报道"两会"盛况，传递"两会"声音。广电旗下 7 大媒体 15 个传播端口多点发力，以抱团推进的阵容优势，有效放大了广电"一体效能"。这场大型新闻行动，如一响惊雷，在邵阳炸响，无论是市级领导、参会代表，还是媒体同行、广大受众，都给予了高度好评。市人大常委会分管宣传工作的副主任这样评价："这是有史以来，报道做得最好的一次！"

新春伊始，如何深入践行"四力"要求，将"走基层"活动做出特色和影响，打响开春第一战？这又成了春节上班后的重要考题。

因全台联动、高赞收场的"两会"报道而鼓舞起来的高昂士气，让我又一次

"走基层"记者冒雨在田间采访

想到了"兵团作战"。这一想法，得到了习惯以"大手笔"做事的台长胡光华的力挺。叫来总编室的几位同志一"碰头"，最终确定了"走基层·观新局"和"激扬'十四五'，踏春开新局"系列报道的主题。

制订方案、抽调力量、统筹题材、落实经费……2月19日，从全台各频道抽调来的近30名记者、主持人，分成6个组，分赴各县市区展开大型新闻采访行动。他们俯下身、沉下心，深入乡镇、社区、农家、厂矿、车间、工地、岗哨等生产生活一线和服务窗口，用鲜活的镜头和灵动的笔触，聚焦脱贫攻坚、乡村振兴、产业发展等主题主线，端出了一盘盘热气腾腾的新闻大餐，全面展示了各行各业的新成就、新布局、新动态，生动讲述了一个个创业创富、求新求美的奋进故事。邵阳县委宣传部的刘飞看到报道后，在朋友圈中留言："为市台记者走基层、有情怀、能吃苦、笔力精的记者们点赞！"类似的好评和点赞还有很多，这让我心中充盈着欣慰和感动。

深入基层开展大型新闻行动，是锤炼记者"四力"的最有效的手段和方

"邵阳市民文明公约"大型活动现场

式，不仅可以丰富全台的新闻报道内容和形式，而且采编播人员之间可以互鉴互学，不断提高专业素养。有记者表示："通过这次采访，我收获很多，成长很多，希望多搞些类似的新闻行动。"

记者在田间地头冒雨拍摄

以内容策划丰富"声响"

媒体只有始终坚守"内容为王"的价值本位，打造既有温度、又有新意的内容生态，才能在融合发展的进程中永葆澎湃动力。

在"两会"报道实践中，我们以更大的报道规模，更丰富的节目形态，更接地气的播报方式，收到了良好效果。直播、图解、H5、短视频等花样翻新，专题、特写、花絮、访谈、连线等形式多样。新媒体中心坚持以"新"为本，以"微"开路，在"爱上邵阳"客户端推出方便人们利用碎片化时间阅读的动图《"十四五"邵阳这么干》、H5《2021邵阳市政府工作报告：十大民生红包，暖心暖情》《邵阳市"十三五"成绩单》《2020邵阳答卷》等10多款有创意、有高度、有情怀的新媒体产品，令人眼前一亮。

接地气的新闻才有影响力。在"新春走基层"集中采访行动中，各采访组坚持选题策划、角度策划，延续以"小切口"展现"大主题"的思路，注重找故事、抓细节。我们也召开多次策划会，分析线索、筛选主题。领队、编导、摄像、文字记者、主持人等一起参与策划，明确切入点、主题内容和记者手记的风格，避免报道内容的同质化。突出一个"走"字，以主持人的体验式采访来增加现场感和代入感，通过采访场景的转换和长镜头、背景声等纪实手法，来增强节目的设计感与画面感。同时注重节目包装，制作了气势恢宏的宣传片，并及时预热宣推，不断丰富内容产品的"声响"。

"激扬'十四五'，踏春开新局"系列报道推出后，得到了业界的广泛关注与赞誉，主创人员更是积累了大量的电视创新经验。

以融合传播放大"声响"

坚持以"移动优先、全媒联动"为评价导向，开创传统媒体与新媒体同步、多窗口传播的全媒体传播新模式，是我们不懈的追求。

在邵阳市人大、政协"两会"报道中，广播、电视、报纸、微博、微信、客户端等平台多点发力，共发稿260多篇（次），推出连线报道20多场次，代表、委员

广电主持人主持全市大型活动

访谈 30 人次，新媒体产品 10 多款样，形成小屏、大屏联动，报、网、端、微协同发声的浩大声势。

直播是广电的"拿手菜"。在"两会"的开幕和闭幕大会四场次的直播中，充分发挥广电主持人、音视频、多机位直播的优势，全台 7 大媒体平台、15 个传播端口抱团推进、联动直播，创造了邵阳"两会"报道史上的三个"首次"：首次全台各频道联动，分设电视、新媒体两组直播端口；首次开设第二现场（访谈直播间）；首次跨地市、多平台联动直播，武陵山片区广电新媒体直播联合体、湘鄂黔渝四省市广电联盟成员单位都加入直播矩阵。四场直播浏览量达 800 多万次，跟评互动 3000 多人次，获赞 140 多万次，真正实现了"全媒体联动、全介质传播、

广电主持人主持建党 100 周年系列活动

全方位好评"，为聚焦重大主题报道探索出了融合联动的新路径。

随后，我们又以相同的方式，对邵阳市"双十最美"颁奖典礼进行全媒体联动直播，同样好评如潮。

在"走基层·观新局"和"激扬'十四五'，踏春开新局"电视系列报道开播之前，撷取主要内容，制作成短视频，先在新媒体平台进行播出和推送，扩大影响力，给观众带来一定收视预期，大幅提升了电视栏目收视市场份额。继而各媒体平台密集播出，形成"频道联动、融合搅动、主题滚动、社会互动"的传播新格局，提高了新闻产品的到达率、阅读率、点赞率和转发率。

与此同时，建立"五发联动"机制，即全面推行新媒体"首发、快发、优发、连发、转发"工作，有效放大融合传播的"声响"。

推进媒体融合永远在路上。我们将担当奋进，从机制体制、生产平台、内容定位和业务延伸四个维度入手，致力构建融合转型的生态闭环，打造融合传播新格局，不断提升媒体的传播力、引导力、影响力和公信力。

是为后记。